하나의 인간, 인류의 하나

하나의 인간
인류의 하나

김동식 소설집 6

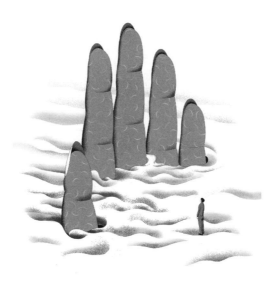

요다

차례

하나의 인간, 인류의 하나

"비밀 구역 511? 갑자기 거기는 왜요? 거긴 정부 제한 구역인데?"

공치열의 얼굴이 불안해졌다. 이 도움 안 되는 선배가 또, 위험한 일에 자신을 끌어들이려 하고 있었다. 최 기자는 머리를 가까이해 은밀한 분위기를 조성했다.

"내가 보근제약 조사하고 다녔던 거 알지? 거기서 한 가지 약품이 대량 이동하는 것을 알아냈어. 511 구역으로 말이지."

"그 약이 뭔데요? 비아그라?"

"아니, 수면제! 왜 수면제가 511 구역으로 보내질까?"

"수면제?"

공치열은 인상을 찡그렸다. 수면제라니? 게다가 더 놀라운 건,

"자그마치 트럭 한 대 분량의 수면제야! 뿐만 아니라, 다른 모

든 거대 제약회사들도 같이 보내고 있지."

"그렇게나 많이? 왜요?"

"그걸 알아보자는 거지! 그렇게 대량의 수면제가 왜 필요할까? 그것도 몇십 년간 계속 말이야! 도대체 거기에 뭐가 있길래? 왜?"

곰곰이 생각에 빠졌던 공치열은 짜증을 내며 선배를 보았다.

"아이씨, 나까지 궁금해졌잖아요!"

"그렇지? 궁금하지? 그릴 줄 알았어!"

"에휴! 그래서, 어쩌자는 거예요? 여태 511 구역에 관련된 취재가 한 건도 없었던 건 알죠? 몰래 잠입이라도 하자고요?"

최 기자는 혀를 차며 고개를 저었다.

"시대가 어떤 시댄데, 잠입이라니? 두더지처럼 땅이라도 파자는 거야, 뭐야?"

"그러면요?"

최 기자는 씩 웃으며, 스마트폰을 들어 손가락으로 가리켰다.

"음모론!"

.
.
.

[정부 통제 511 구역으로 몇 톤 분량의 수면제가 매주 보내지고 있다! 이유가 뭘까? 정부는 무엇을 숨기고 있는가?]

[511 구역에 거대 외계 생명체가 잠들어 있다! 매우 포악한 성격의 생물체는 연구를 위해 항시 잠들어 있으며…]

하나의 인간, 인류의 하나

[511 구역에서 '잠을 없애는 방법'을 발명 중이다! 그 과정에서 비인도적인 인체실험이 이루어지고 있으며…]

[511 구역으로 보내지는 수면제는 사실 마약의 원료로…]

[511 구역은 전국의 모든 수도와 연결되어 있으며, 그곳에서 흘려보내는…]

[511 구역은 좀비 바이러스로 인해 봉쇄된 지역이며, 좀비를 연구해서 죽지 않는 인간을…]

⋮

카페에 앉은 최 기자는 노트북으로 인터넷 반응을 보며 싱글 벙글했다. 공치열이 어이없다는 듯 쳐다봤다.

"이걸 다 선배가 퍼트린 거예요?"

최 기자는 즐겁게 고개를 저으며 대답했다.

"아니? 난 처음에 소스만 줬어. 나머지는 사람들이 알아서 다 퍼트린 거지."

"아무리 그래도 어떻게 이렇게 많이…"

"1퍼센트의 진실에서 99퍼센트의 거짓이 나오는 게 음모론이야! 봐라, 수면제라는 소스 하나만으로 꽤 그럴듯한 추리들이 나오지 않냐."

최 기자는 웃으며 노트북에서 시선을 떼고, 핸드폰을 꺼내 들었다.

"이렇게 온 국민의 관심이 쏠린 이상, 정부에서도 정보를 풀

수밖에 없지 않겠어? 한번 확인해볼까?"

최 기자는 보안국으로 전화를 걸었다.

"아, 여보세요? 보안국이죠? DS미디어 최무정 기자라고 합니다. 다름이 아니라, 511 구역에 관해 취재가 가능한지 여쭤보려고 말입니다. 아시다시피, 요즘 거기 소문이 참. 하하하."

최 기자는 핸드폰을 든 채로, 웃으며 공치열에게 고개를 끄덕였다. 공치열은 못 말린다는 표정으로 고개를 저었다. 곧, 통화하던 최 기자가 공치열을 향해 엄지를 세웠다.

"네네, 알겠습니다. 감사합니다!"

그는 핸드폰을 끊자마자 거들먹거리며 말했다.

"봤냐? 보름 안에 공식 발표하고 취재 제한 풀린다잖냐! 으하하하!"

"진짜요?"

"그럼, 인마! 누가 짠 판인데! 내가 바로 최갈량이야, 최갈량! 하하하."

"…"

공치열은 한심한 동네 형을 보는 듯한 얼굴로 그를 바라보았지만, 그래도 최 기자의 능력을 인정하지 않을 수 없었다.

⋮
⋮

컴퓨터 앞에 앉은 직원들의 손이 바쁘게 움직이는 한낮의 DS미디어 사무실. 그곳에 낯선 손님이 찾아왔다.

하나의 인간, 인류의 하나

"최 기자님, 손님 왔어요!"

"응?"

책상에 앉아 원고를 타이핑 중이던 최 기자는, 고개를 들어 손님을 확인하고 일어났다. 깔끔한 양복 차림에 사람 좋아 보이는 웃는 인상. 모르는 사내였다.

"제가 최 기자입니다. 무슨 일이신지…"

"안녕하십니까? 저는 보안국 김남우라고 합니다. 일전에 전화 주셨던 걸로 아는데. 하하."

"아! 보안국! 아이고, 반갑습니다."

웃으며 인사를 나누는 최 기자의 머리가 팽팽 돌아갔다. 무슨 일로 찾아왔을까? 수많은 시나리오가 떠올랐지만, 가능성은 전부 희박했다. 최 기자는 조심스럽게 물었다.

"근데 여기까지는 어쩐 일로…"

"아, 예. 511 구역 건에 대해서 취재를 요청하셨잖습니까? 아무래도 이게… 음."

김남우는 말을 하다가 멈춰서 주변을 둘러보더니 말했다.

"시간 괜찮으시면, 잠깐 조용한 데서 대화를 좀… 어떠십니까?"

"괜찮습니다. 아래층에 있는 카페로 가실까요?"

"그럴까요?"

김남우는 사람 좋은 웃음을 지으며 옆으로 돌아섰다. 바로 앞장서려던 최 기자는 문득 멈칫,

"아, 잠시. 제 파트너도 한 명 괜찮겠죠? 꽁치야!"

뒤돌아 큰 소리로 꽁치를 불렀다. 아까부터 지켜보고 있던 공치열은 자연스럽게 자리에서 일어나 합류했다. 김남우의 얼굴이 살짝 굳었지만, 별말 없이 셋이서 사무실을 나섰다.

⋮

조명이 어두운, 오래된 카페의 구석 자리에 앉은 세 사람. 김남우와 최 기자가 마주 앉아 주도적으로 대화를 나누고, 공치열은 뒤로 빠져 있었다.

"…그러니까 김 과장님 말씀은, 여론을 돌릴 만한 소설을 써달라. 이 말씀이시지요?"

최 기자의 날카로운 눈빛에 김남우는 고개를 끄덕였다.

"예. 솔직히 그렇습니다. 최 기자님께서 511 구역에 관한 취재를 하시고, 되도록 저희가 원하는 방향으로…"

"어디까지 취재가 가능합니까? 알맹이도 전부?"

"…"

김남우는 곤란한 표정을 지었고, 그것이 대답이 되었다. 최 기자의 입꼬리가 씁쓸하게 씰룩였다.

"쩝… 거기서 절대 공개될 수 없는 일이 벌어지고 있는 건 확실하군요."

"…"

"그런데, 그 기사를 제가 써야 하는 이유가 뭔가요? 왜 저를 찾아오셨는지?"

하나의 인간, 인류의 하나

"저희 보안국에서 알아본 바에 의하면, 이 여론의 첫 발생지가 최 기자님이신 걸로…"

"아이쿠! 이거, 참! 들켰습니까? 큰일 났네, 큰일 났어. 하하하."

말과는 달리 가벼운 듯한 최 기자의 웃음에 김남우는 쓴웃음을 지었다.

"그 대신, 저희가 다른 특종들을 드리겠습니다. 최 기자님이 꽤 만족하실 만한 것들로 말입니다."

"오! 보안국에서는 특종을 막 쌓아놓고 있나 봅니다?"

"…"

김남우는 더 이상의 말 없이, 최 기자의 대답을 기다리는 모양새로 침묵했다. 최 기자도 정색하고 생각에 잠겼다가, 고개를 끄덕였다.

"알겠습니다. 그렇게 하시죠. 저야 뭐, 511구역 특종에다 다른 특종까지 얹어 먹을 수 있다면 남는 장사니까. 하하!"

"잘 생각하셨습니다."

다시 사람 좋은 미소로 고개를 끄덕인 김남우가 물었다.

"그럼, 어떻게? 바쁘지 않으시다면 지금이라도…"

"아, 예. 뭐, 그렇게 하시죠. 이 친구도 함께 가도 되겠죠?"

최 기자가 손가락으로 공치열을 가리켰고, 김남우는 자리에서 일어나며 흔쾌히 고개를 끄덕였다.

"네, 괜찮습니다. 공치열 기자님도 함께 가시죠."

빙긋 웃으며 먼저 일어난 김남우가 가게 밖으로 향하고, 공치열이 주섬주섬 가방을 챙기며 일어났다. 아직, 자리에 앉아 있던 최 기자가 굳은 얼굴로 말했다.

"꽁치야, 우리가 네 이름을 밝힌 적이 있었던가?"

공치열의 얼굴이 조금 굳었다. 최 기자는 입꼬리를 씰룩이며 일어났다.

"아, 재수 없는 일이 일어날 것만 같은 느낌적인 느낌. 싫은 데?"

그 말투와는 달리, 최 기자는 웃고 있었다.

.
.
.

세 사람을 태운 소형차가 도로 위를 달리고 있다. 운전석 옆 자리에 앉은 최 기자가 괜히 차량 내부를 둘러보며 말했다.

"보안국 직원 차량 치고는… 참 소박합니다?"

"하하. 월급쟁이 차가 다 똑같지요 뭐. 저희 보안국에선 차량 지원이 없습니다."

"암만 그래도 공무원인데 너무하네, 이거."

실없는 말을 하던 최 기자의 눈동자가 창밖 사이드미러로 향했다. 아까부터 신경 쓰이던 고급 세단이 뒤따라 오는 게 눈에 들어왔다.

"정말로, 차량 지원이 없군요…"

"예, 그렇습니다. 하하."

최 기자의 눈동자가 가라앉았다.

:

담 너머, 세 사람이 도착한 511 구역 건물은 거대한 돔구장 같았다. 최 기자가 높은 건물을 둘러보며 입맛을 다셨다.

"여기까지는 익히 알려진 외관이고⋯ 문제는 이 안에 뭐가 있느냐인데."

"하하. 생각하시는 것보단 뭐 별거 없습니다."

"뭐, 우리가 볼 수 있는 데까지야 별거 없겠지요."

"하하."

김남우는 그저 웃으며, 앞장서 문을 열었다. 공치열이 뒤를 따라 들어가고, 마지막으로 최 기자가 들어가기 직전, 뒤를 힐끔 살폈다.

"⋯흠."

최 기자는 어딘가 마음에 안 드는 듯, 미간을 좁히며 안으로 들어갔다.

:

복도를 걷는 세 사람. 모든 문이 김남우의 음성인식으로 열리는 모습을 본 최 기자가 감탄하며 말했다.

"와, 생각보다 건물 내부가⋯ 이거 무슨 영화 속 우주선이라고 해도 믿겠습니다? 상당히 오래된 건물로 알았는데⋯"

"리모델링을 한 지 얼마 안 됐을 겁니다. 하하. 아! 이제 다 왔네요."

커다란 문을 열고 들어서는 세 사람.

"오오!"

511 구역의 중심, 거대한 중앙 홀에 들어선 최 기자와 공치열이 감탄사를 내뱉었다. 축구장 하나만 한 광장에, 온통 파란색 꽃이 잔뜩 피어 있었다. 그 장관에 놀란 공치열이 물었다.

"우와, 이게 무슨 꽃이에요?"

간단한 질문이었음에도, 김남우에게시 대답이 들려오지 않았다. 공치열이 뒤돌아보자, 김남우가 쓴웃음을 지으며 말했다.

"…이름이 없습니다."

"네?"

"지구의 꽃이 아니거든요."

최 기자도 놀란 얼굴로 김남우를 돌아보았다.

"지구의 꽃이 아니라니요?"

"우주에서 가져온 꽃입니다."

"우주?"

황당해하는 둘에게, 김남우가 어깨를 으쓱하며 말했다.

"자세한 건 저도 모릅니다. 제가 아는 건 우주에서 옮겨온 꽃이라는 것과 지구의 정상적인 재배 방식으로는 키울 수가 없다는 것이죠."

"…"

"보시다시피, 비료 대신…"

김남우가 허공의 드론을 가리켰다. 여러 대의 드론이 날아다니며 알약을 떨어뜨리는 모습이 보였다. 미간을 좁혀서 살펴본 최무정이 물었다.

"수면제입니까? 지금, 수면제로 꽃을 키운다는 말입니까?"

"예. 수면제의 어떤 성분이 뭐 어떻다고는 하는데, 저는 과학자가 아니라 잘은… 하하."

"흠, 그렇군요. 그럼 다른 관계자분들은?"

"아! 모두 휴가를 가신 참이라… 솔직히 말하면, 이번 음모론 사태가 원인이 된 부분이 있고 말입니다. 하하."

"…"

최 기자는 굳은 얼굴로 생각에 잠겼다. 곧, 김남우가 웃으며 말했다.

"사진을 찍으셔도 좋습니다. 장관이지 않습니까? 기사 쓰실 때 넣으셔야죠."

김남우의 말에 공치열이 사진을 찍기 시작했다. 최 기자는 무거운 얼굴로 움직이질 않았다. 그러는 동안, 김남우가 목적을 설명하기 시작했다.

"기사의 내용은 이런 식이었으면 좋겠습니다. 511 구역에서는 연구 목적으로 특이한 꽃을 재배하고 있다. 꽃의 출처는 아마존 정도로 해주시고… 사용처는 아직, 연구 단계라 밝힐 수 없다. 이 정도로 부탁드립니다."

"사용처를 밝힐 수 없는 꽃이라…"

생각에 잠긴 최 기자의 눈이 새파란 꽃밭을 향했다.

　　　　：
　　　　：

　시내의 사거리. 김남우의 차에서 최 기자와 공치열이 내렸다.

　"그럼! 기사 잘 부탁드립니다, 최 기자님!"

　"예, 들어가십쇼!"

　김남우를 보내고 회사로 향하는 두 사람. 공치열은 찍은 사진을 체크해보며 감탄했다.

　"와, 우주에서 꽃을 가져와 키우고 있을 줄이야? 진짜 놀라운 세상이네요."

　최 기자는 공치열을 보며 이죽거렸다.

　"그걸 믿냐, 이 멍청아!"

　"네?"

　"우주에서 꽃을 가져왔다고? 어디서? 달? 화성?"

　"그야, 뭐. 어디서든…"

　"병신! 너 511 구역이 언제부터 있었는지 몰라? 내가 태어나기도 전부터 있었던 곳이 511 구역이야. 그 시절에 우주에서 꽃을 가져왔다고? 그걸 여태 연구하고?"

　"그 전에는 뭐 다른 비밀 연구들을 했을 수도 있죠!"

　"아니야… 뭔가 다른 게 있어. 이런 쇼를 해서라도 숨기고 있는 뭔가가 있다고."

　최 기자의 눈빛이 날카롭게 빛났다. 한데 그때, 검은 양복의 건장한 사내들이 나타나 둘의 앞을 가로막았다.

　일단 걸음을 멈추고 의아한 얼굴로 바라보는 두 사람. 그때,

　　　　　　　　　　　　　　하나의 인간, 인류의 하나

둘의 등 뒤에서 목소리가 들려왔다.

"크흠! 잠깐만 보실까?"

놀라 돌아본 두 사람의 눈에, 통통한 체구의 중년인이 보였다. 그는 씩 웃으며 소개했다.

"크흠. 난 두석규라고 하네. 뭐, 편하게 두더지라고 불러도 좋고."

"…"

최 기자와 공치열의 안색이 어두워졌다.

⋮

고급 세단 뒷자리에 앉아 창밖을 보던 공치열이 최 기자에게 속삭였다.

"형! 여긴 회장님들 사는 동네 아니에요?"

얼마 지나지 않아, 차는 웅장한 저택으로 들어섰다. 하늘 끝까지 닿을 듯한 높은 담벼락을 올려다본 공치열은, 침을 꿀꺽 삼키며 떨리는 목소리로 속삭였다.

"형… 이거 아무래도 된통 잘못 걸린 것 같은 느낌인데…"

"역시 그럴까?"

긴장한 얼굴의 두 사람을 태운 세단이 정원을 가로질렀다.

．
．
．

"세상에 돈으로 안 되는 일이 있을까?"

두석규의 노골적인 질문에 최 기자가 단호하게 대답했다.

"없죠."

칼 같은 대답이 마음에 든 듯, 두석규는 웃음을 지었다. 그는 최 기자의 당당한 태도가 마음에 들었다. 당장 옆의 공치열이라는 사내만 봐도, 이 고급스러운 응접실의 규모에 압도되어 경직되어 있는데, 최 기자는 자기 집 안방처럼 편해 보였다.

고개를 끄덕인 두석규가 말을 이었다.

"그래. 없지. 나도 없다고 생각했어. 실제로, 나는 하고 싶은 일을 다 하고 살아왔거든. 안 되는 게 없었지. 그런데 말이야. 며칠 전에 내가 아주 희한한 경험을 했어."

"…"

"정말 별거 아니었지. 아침에 일어나서 보니, 511 구역 이야기로 전국이 시끄럽다고 하는 거야. 뭐, 그런가 보다 했지. 난 관심도 없었어. 그냥 밥 먹으러 가면서 대충 지나가는 투로 물어봤을 뿐이야. 511 구역에 뭐가 있길래 그러냐고."

"…"

"그런데, 알 수가 없다는 거야? 그래서 그냥 뭐, 한번 알아보라고 했지. 그런데 또 이번엔, 알아볼 수가 없다는 거야? 어라? 이게 뭐지? 싶더라고. 내가 궁금한데, 알 수 없다고? 세상에 그런 일이 있다고? 여기서부터 내 호기심을 자극하더군. 그래서

하나의 인간, 인류의 하나

좀 진지하게 알아보려고 해봤어. 오랜만에 제법 이런저런 수단
도 동원해보고, 돈도 좀 써봤지. 그런데 결과가 어땠는지 알아?
여전히 알 수가 없다는 거야!"

두석규는 이런 말을 하면서도, 정말 황당하다는 표정이었다.

"기분이 좋지 않더군. 솔직히 말하면, 자존심이 상했어. 수단
과 방법을 모두 동원해서라도 511 구역에 뭐가 있는지 반드시
알아내야겠더군. 그래서 여기저기에 사람을 붙였지. 사실을 말
하자면, 자네는 딱히 기대 안 했어. 자네보다 더 중요한 인물들
이 훨씬 많았으니까. 그런데 웬걸? 자네가 갑자기 핵심에 다가
가지 뭐야? 내가 감시한 사람들 중에 511 구역에 들어간 사람
은 오직 자네뿐이야."

최 기자의 얼굴이 찌푸려졌다. 두석규는 느긋하게 소파에 몸
을 묻고 나른한 목소리로 물었다.

"이제 내가 왜 자네들을 이렇게 불렀는지, 그 이유를 알겠지?
말해보게. 그래, 511 구역엔 뭐가 있던가?"

"…"

공치열이 침을 꿀꺽 삼키며, 겁을 먹은 것처럼 긴장했다. 무심
한 듯 바라보는 두석규의 눈빛에서 이상하게 공포가 느껴졌다.
반면 최 기자는 말없이 가만히 두석규를 바라만 보았다. 눈치를
보던 공치열은 차마 입을 열지 못하고 최 기자의 얼굴만 자꾸
돌아보았다. 당장 사실대로 말해야 하는 게 아니냐는 무언의 질
문이었다.

한데, 최 기자의 입에서 툭 튀어나온 말은 공치열을 뜨악하게

만들었다.

"아무것도 못 봤습니다."

"혀, 형!"

깜짝 놀라 눈이 커진 공치열은 급히 두석규의 눈치를 살폈다. 눈썹이 꿈틀한 두석규의 눈이 가늘어졌다.

"…아무것도 못 봤다고?"

그 차가운 목소리에 공치열의 몸이 떨렸다. 한데,

"예. 아무것도 못 봤습니. 꽃밭만 보여주지 뭡니까?"

"…무슨 말이지?"

"진짜는 숨기고, 가짜를 보여주더란 말입니다. 그래서 드리는 말인데…"

최 기자는 앞으로 몸을 숙이며 눈을 빛냈다.

"저를 좀 도와주시는 게 어떻습니까?"

"도와줘?"

당돌한 최 기자의 모습을 가만히 보던 두석규의 눈빛도 점차 흥미롭다는 듯 변했다.

"그러니까 내가 도와주면, 진짜를 볼 수 있다?"

"그렇습니다."

두석규는 최 기자를 바라보다 시원하게 미소 지었다.

"자네 조금, 마음에 드는군."

"압니다."

"하하!"

두 사람의 마음이 맞은 이 순간, 공치열만이 얼빠진 얼굴로 둘을 바라볼 뿐이었다.

⋮
⋮

"…회장님이 직접 행차하실 줄은 몰랐는데 말입니다."

"크흠. 이 나이에 이 위치까지 오른 데는 다 이유가 있는 법이
지."

트럭 화물칸에 세 남자가 숨어들어 있었다. 원래는 수면제가
가득 들어 있어야 할 트럭이었지만, 지금은 세 남자와 각종 전자
기기가 가득했다.

"그나저나, 트럭 매수하는 거야 나도 다 해본 방법이야. 철조
망이야 넘을 수 있다 쳐도, 본 건물까지는 절대 침입이 불가능하
지 않나? 어떻게 할 셈인가?"

미심쩍은 두석규의 질문에, 최 기자는 자신만만하게 공치열
의 어깨를 두들겼다.

"이 친구가 이래 뵈도, 장비발만 갖춰지면 한가락 하는 녀석
이라서 말입니다."

"장비발이라…"

최 기자는 화물칸 가득한 각종 전자기기들을 가리키며 웃었
다. 공치열이 쓴웃음을 지었다. 전자기기들은 그의 몫이었다.

"하하. 그날 안에서 아주 재밌는 걸 봤거든요. 하여간 이 트럭
을 최대한 건물 가까이에 주차해놓을 수만 있으면 됩니다."

"그 정도야 어렵지 않지."

"그럼 그다음은, 이 친구가 다 해줄 겁니다."

최 기자가 웃으며 공치열의 어깨를 두드렸고, 공치열의 얼굴이 부담감으로 일그러졌다.

⋮

"꽁치야! 아직 멀었어?"

"아, 잠시만요! 이제… 조금… 곧!"

공치열은 긴장한 얼굴로 열심히 키보드를 두드렸다. 곧, 눈앞의 모니터가 팍 켜졌다.

"오오!"

"오!"

모니터에는 파란 꽃이 가득한 꽃밭의 모습이 보였다. 공치열이 밝은 얼굴로 말했다.

"드론 해킹 됐어요!"

"좋아! 잘했어!"

공치열을 칭찬하며 화면을 보던 최 기자는, 카메라가 바닥에 고정된 시야각임을 알아보았다.

"내가 이럴 줄 알았지! 지금 안 날고 있지? 수면제를 비료로 쓰기는, 개뿔!"

최 기자가 떠드는 사이, 공치열은 다시 열심히 키보드를 두드렸다. 두석규는 신기한 얼굴로 화면을 보았다.

"이게 511 구역의 안이란 말이지? 정말 꽃밭이군."

하나의 인간, 인류의 하나

"저거 다 페이크입니다, 페이크."

최 기자가 코웃음 치는 사이, 공치열이 다시 소리쳤다.

"됐어요! 이제 이 안에 모든 문이 열렸어요!"

"그래? 좋아! 드론들 몽땅 날려버려! 애들 당황하는 것 좀 보자고!"

곧, 몇 대의 모니터에 드론의 카메라가 촬영하는 영상이 떠올랐다. 꽃밭에서부터 퍼진 드론들은, 문을 통과해 날아다니며 여기저기를 비추기 시작했다. 그 모습에 두석규가 감탄했다.

"크흠! 자네 솜씨가 좋군?"

"하하."

머쓱한 공치열은 계속해서 키보드를 열심히 두드렸다. 모니터에는 복도와 방, 시설들을 휘젓는 드론의 시야가 펼쳐졌다. 한데 곧, 세 사람의 얼굴이 동시에 갸우뚱했다.

"이상한데?"

"이거 영…"

셋은 동시에 똑같은 의문을 느꼈다.

"왜 사람이 한 명도 없지?"

안에는 그 흔한 경비원 한 명 보이질 않았다.

⋮

몇 대의 모니터가 똑같은 화면을 비추고 있었다. 강철로 된 낡은 철문.

"크흠. 이런 최신식 시설에 어울리지 않는 문이군."

"뭔가 있다면, 여기밖에 없지 않겠습니까?"

셋은 그 말에 동의했다. 드론 조종으로 511 구역을 모두 뒤져 보았지만, 의심이 가는 공간은 이곳뿐이었다. 유일하게 드론으로 통과할 수 없는 철문 너머의 공간.

두석규가 최 기자를 바라보며 물었다.

"그래, 이제 어쩔 셈이지? 다음 계획이 뭐야?"

최 기자의 대답은 간단했다.

"그냥 가보죠?"

"크흠."

"아무리 찾아봐도 경비는커녕, 사람 코빼기도 안 보이지 않습니까? 어차피 문도 다 열렸고, 그냥 들어가보죠."

"자네는 그게 왜 그럴 거란 의문은 안 드는가?"

두석규가 날카로운 눈빛으로 최 기자를 바라보았다. 그의 생각에 이런 상황은 좋지 않았다. 최 기자는 피식 웃으며 여유를 부렸다.

"이 상황이 무슨 함정이라도 된다고 생각하시는 겁니까? 제가 뭐라고? 고작 기자 하나가 뭐라고? 안에 사람들이 없는 것에는 다른 이유가 있을 겁니다. 그 이유는 저를 몹시 궁금하게 만들고 말입니다."

"자네가 아니고, 나를 생각한 일이라면 얘기가 달라지겠지."

"…흠."

그 말에는 최 기자도 인정하고, 고개를 끄덕였다.

"그럼 저희 둘만 갔다 오겠습니다."

"…"

두 사람이 자리에서 일어났다. 두석규는 잠깐 갈등했지만, 따라 일어났다.

"아니, 나도 가지. 이 나라에서 날 어떻게 할 수 있는 게 존재한다는 건 내 자존심이 허락하지 않는 일이야."

"그러시죠."

조심스럽게 연 화물칸 문 너머로 빛이 새어 들어왔다.

⋮

"너무 쉽게 왔어."

철문 앞에 선 셋. 두석규는 찜찜한 얼굴로 주변을 둘러보았다.

"게다가, 문에도 잠금장치 하나 없고 말입니다?"

최 기자가 철문의 손잡이를 잡고 그냥 당겼다. "끼이익" 녹슨 소리를 내며 문이 열렸다.

"…얼씨구?"

안에는 아래로 경사진 천연동굴이 존재했다.

"점점 재밌어지는데요?"

"크흠."

최 기자가 앞장서서 동굴 안으로 진입했다. 동굴 안은 탄광의 그것처럼, 작은 조명들이 규칙적으로 배치되어 있어 그리 어둡진 않았다. 걸어갈수록 점점 통로가 넓어지는 것이 느껴졌는데,

한참을 내려가다 보니 한순간에 확장되었다.

"오!"

통로가 끝나는 곳에 거대한 공동이 있었다. 세 사람은 걸음을 빨리했다. 그들이 빠져나온 곳은 돔형의 거대한 지하 공간 상단에 빙 둘러진 난간이었다. 한데,

"…"

세 사람은 전혀 예상하지 못했던 광경을 보고 말문이 막혔다.

"거대한… 주사기?"

공간의 한가운데 빌딩만 한 초대형 주사기가 땅을 향해 꽂혀 있었다.

"이게 뭐야?"

공치열이 황당한 얼굴로 허공에 물었다. 대답은 뒤에서 갑작스럽게 들려왔다.

"진실이죠."

깜짝 놀란 세 사람이 뒤를 돌아보고, 김남우가 사람 좋은 미소로 그들을 바라보고 있었다. 급히 침착함을 되찾은 최 기자가 미간을 좁히며 물었다.

"진실이라고?"

김남우가 고개를 끄덕였다.

"네, 진실. 여기까지 오셨으니, 최 기자님께 모든 진실을 알려드리죠. 그 내용을 기사로 내보낼지 말지는, 최 기자님의 선택에 맡기겠습니다."

빙긋 웃은 김남우가 난간을 따라 걸었다. 무거운 얼굴로 서로

하나의 인간, 인류의 하나

를 돌아보던 셋도 결국 그 뒤를 따랐다.

⋮

투명한 창문 밖으로 거대한 주사기가 보이는 컨트롤 타워. 테이블에 모여 앉은 셋에게 김남우가 차를 한 잔씩 대접했다. 곧, 자신의 찻잔을 들고 자리에 앉은 김남우가 첫 말을 뱉었다.

"영화 〈매트릭스〉 아시죠?"

"…"

"여러분은, 이 세상이 진짜 세상이라고 생각하십니까?"

세 사람의 얼굴이 굳고, 두석규가 인상을 쓰며 되물었다.

"무슨 말인가, 그게?"

김남우는 대답 없이 차를 한 번 홀짝였다. 곧, 창밖의 주사기를 돌아보며 이야기를 시작했다.

"저 주사기는 수면제 용액으로 가득 차 있습니다. 의문이셨겠죠. 왜 511 구역으로 수 톤 분량의 수면제가 운반되는 걸까? 그 많은 수면제를 다 어디에 쓰는 걸까?"

"…"

"그 수면제들은 모두 이 지구를 잠재우는 데 쓰이고 있습니다."

"뭐?"

전혀 예상하지 못한 이야기에 셋의 표정이 멍해졌다. 김남우는 정말이라는 듯 고개를 끄덕이며 재차 말했다.

"예. 지구에 수면제를 주사하고 있는 거죠."

"…"

두석규가 조금 높아진 톤으로 말했다.

"지금 그게 무슨 말도 안 되는!"

"사실입니다."

김남우의 말투는 담담하지만 단호했다. 당황한 셋이 뭐라 말하려 입을 열 때, 김남우가 먼저 선수를 쳐 사람들의 입을 다물게 했다.

"자, 한번 들어보세요. 재밌는 이야기일 겁니다."

"…"

"인류의 과학 기술은 엄청나게 발전을 거듭했습니다. 목표는 영생을 향했고, 한 가지 방법으로 구현해냈습니다. 바로 이 두뇌의 모든 정보를 서버에 업로드 시키는 방법이죠."

김남우는 자신의 머리를 손가락으로 가리키며 웃었다.

"서버에 저장된 내 정보는 언제든지 복사되어 새로운 육체로 옮겨갈 수 있었습니다. 인공으로 만든 새로운 육체에 저장된 기억을 옮기기만 하면, 인간은 영원한 삶을 살 수가 있는 것이죠. SF 영화에서 자주 보셨죠? 하하."

"…"

"그래서 인류는 이제 영원히 살 수 있을 줄만 알았습니다. 한데, 인류의 과학이 아무리 발전해도 자연재해를 이겨낼 순 없더군요. 아니지, 운석충돌은 자연재해로 안 치나?"

"운석충돌!"

세 사람의 눈이 커졌다. 김남우는 담담하게 고개를 끄덕였다.

"예. 운석충돌. 전혀 예측 못 했던, 궤도를 벗어난 운석이 지구를 멸망하게 만들 거라는 사실이 밝혀졌습니다. 혹자는 인류가 신의 영역에 손을 댔기 때문이라고 떠들긴 했지만… 뭐 그거야 모르는 일이고 말입니다."

"…"

"인류는 발등에 불이 떨어진 거죠. 지구가 폭발한다? 아무리 인류의 기술이 발전한다 해도, 아직 지구 이외의 별로 도망가서 살 수는 없었습니다. 그때, 인류는 한 가지 방법을 생각해냈습니다."

김남우는 다시 한 번 자신의 머리를 손가락으로 가리키며 웃었다.

"전 인류는 서버에 자신의 정보를 업로드했습니다. 물론, 문제가 있었죠. 아무리 서버에 업로드해서 저장해놓는다 해도, 지구가 터져버리면 말짱 꽝이니까. 그런데…"

"그런데?"

"지구가 아닌 곳에 인류의 정보를 저장할 만한 곳이 딱 하나 있었습니다. 우주 정거장."

"우주 정거장?"

"예. 지구가 폭발하더라도 전혀 상관없는 곳에 우주 정거장이 하나 있었습니다. 인류의 정보를 저장할 능력은 충분했고, 태양이 멸망하기 전까지는 무한하게 유지될 수 있었죠. 그래서, 전인류의 두뇌를 복사한 데이터가 그곳으로 옮겨졌습니다. 운석이 지구를 날려버리기 전에 말입니다."

"…"

김남우의 이야기를 들은 셋은 눈살을 찌푸렸다. 너무나 허황하고 어이없는 이야기였다. 곧, 두석규가 핵심을 짚었다.

"그 말이 사실이라고 치지. 근데 그게 무슨 소용이 있지? 그래도 인류는 멸망하는 것 아닌가? 우주 정거장에서 사람이 부활할 육체라도 만들 수 있나? 전 인류가?"

"그럴 리가요."

"그럼 왜!"

"다만, 우주 정거장에는 우주 비행사가 한 명 있었습니다. 동면 상태로 잠들어 있었죠."

"우주 비행사?"

김남우는 씩 웃으며 말했다.

"간단히 말하죠. 지금 우리가 살고 있는 이 세상은, 그의 꿈속입니다."

"뭐?"

멍한 표정의 세 사람을 보고 김남우는 웃으며 말을 이었다.

"동면 중인 그의 뇌가 손상되지 않도록 보호하고 있던 연결 장치가, 반대로 이젠 그의 뇌를 해킹하는 역할을 했다고 해야 할까요? 하하하."

"뭐라고?"

"말씀하신 대로, 컴퓨터 속에 존재하는 인류의 데이터만으로는 아무것도 할 수 없었습니다. 그렇다면 혹, 영화 〈매트릭스〉처럼 가상의 지구를 서버상에 구현해낼 수 있었을까요? 아니요. 완벽한 지구를 만들기란 불가능했습니다. 그런데 만약, 인간의 뇌와 서버를 연결한다면? 살아 있는 인간의 무의식 공간과 가상 현실이 합쳐진다면? 보시다시피."

김남우는 찻잔을 들어 한 모금 마셨다.

"이렇게 맛있는 홍차 맛을 느낄 수 있게 됐죠."

"…"

너무나 엄청난 얘기에 셋은 넋이 나간 얼굴이 되었다. 그런 그들에게 김남우는 재밌는 농담이라도 던진다는 듯 말했다.

"예, 맞습니다. 저희 전 인류는 지금, 한 인간의 두뇌 속에 기생해서 살고 있는 겁니다. 정말 재밌는 이야기가 아닙니까? 하하."

곧, 정신을 차린 두석규가 언성을 높였다.

"지금 그런 말도 안 되는 말을 믿으라고!"

"아직, 이야기가 끝나지 않았습니다."

김남우는 담담한 얼굴로 두석규를 바라보며, 말을 이었다.

"처음으로 돌아가서, 그럼 우리는 왜? 저렇게 지구에 수면제를 주사하고 있는 걸까요?"

"뭐?"

"우주 비행사, 그의 정신이 깨어나지 않게 하기 위해서입니다."

"뭐야?"

"그에게 보여주는 겁니다. 이 지구는 그의 정신이 만든 세상이고, 이 지구가 바로 그 자체죠. 이 수면제를 지구에 주사하는 행위를 본 그는, 잠에서 깨지 못한다는 생각을 가지게 될 겁니다. '우리가 당신에게 수면제를 먹였으니, 당신은 잠들어 있을 수밖에 없다!' 그런 그의 착각 덕분에 저희는 안전하게 그에게 기생하여 살 수 있는 겁니다."

"무슨 말도 안 되는…"

두석규가 벌떡 일어나 소리치려 했지만, 김남우는 차가운 얼굴로 손바닥을 펼쳤다.

"제가 여러분을 왜 이곳으로 불렀다고 생각하십니까?"

"뭐?"

"설마, 제가 일부러 여러분을 이곳에 초대했다는 걸 모르시는 건 아니겠지요?"

"…"

김남우의 질문은 셋의 말문을 막히게 했다.

"여러분이 이 511 구역으로 침입하고, 복도를 걸어 다니고, 철문을 통과하는 것까지. 모두 전 세계로 생방송됐습니다."

"생방송?"

깜짝 놀란 최 기자가 급히 스마트폰을 꺼냈다. 한데, 아무런 신호가 잡히지 않았다. 김남우는 빙긋 웃으며 설명을 이어나갔다.

"최 기자님께서 511 구역으로 수면제가 옮겨지고 있다는 말을 떠들고 다니는 바람에, 세상 사람들은 이런 생각들을 하게 됐습니다. 혹시 외계인을 감금하고 있을까? 공룡을 재우기 위해서 일까? 괴물을 숨기고 있는 걸까? 최 기자님께서도 익히 알고 계시죠? 이 음모론들을 만든 장본인이시니까."

"…"

"바로 그게 문제가 된 겁니다. 이 세상은 가상으로 만든 그의 세상… 즉, 수많은 사람들이 그렇다고 생각하기 시작하면 그게 진실이 될 수도 있다는 겁니다."

"그게 무슨 말이지?"

김남우는 노트북을 꺼내 동영상을 띄웠다. 이 거대한 공동, 주사기가 있던 자리를 비추고 있던 영상이었다.

"지난 며칠간의 CCTV 영상입니다. 음모론 중에 다수가 동의하는 의견이 나올 때마다…"

동영상을 보고 있던 사람들의 눈이 급격하게 커졌다.

주사기가 있어야 할 자리에, 갑자기 거대한 공룡이 잠들어 있는가 하면, 또 갑자기 점액질의 거대한 괴생명체가 꿈틀대기도 했다. 외계인의 우주선이 추락해 있기도 했고, 시험대 위에 발가벗겨진 인간들이 단체로 잠들어 있기도 했다.

믿을 수 없다는 얼굴로 동영상을 보고 있는 셋을 향해 김남우가 말했다.

"그래서 여러분을 초대할 수밖에 없었습니다. 모든 것을 원래대로 되돌리기 위해서. 현재 세상에 사람들은, 여러분들이 511구역으로 침입했다는 사실을 모두 알고 있고, 그 때문에 이제 곧 진짜 진실이 밝혀지게 될 것이라 생각하고 있습니다. 그래서 그동안의 모든 음모론들이 일시적으로 잠잠해졌고, 보시다시피 저렇게 주사기가 유지되고 있죠. 그 덕분에 우주 정거장의 그는 계속 잠들어 있고, 인류는 무사히 이 서버에서 살아갈 수 있습니다."

김남우는 창밖의 주사기를 가리키며 웃었다.

"…"

셋은 할 말을 잃고 침묵했다. 곧, 김남우가 진지한 얼굴로 최 기자를 향해 말했다.

"자, 이제 선택은 최 기자님께 달려 있습니다. 최 기자님은 밖으로 나가서… 무슨 기사를 쓰시겠습니까? 세상 사람들에게 511 구역에 대해서, 어떻게 알려주실 겁니까?

"…"

"그것은 혹, 빨간 알약입니까, 파란 알약입니까?"

그 물음은 최 기자가 평생 들어본 그 어떤 물음보다도 무거웠다.

한참을 침묵한 최 기자가 입을 열었다. 뜻밖에도, 그것은 질문이었다.

"당신의 말이 모두 사실이라고 칩시다. 한 사람의 우주 비행사를 희생해서… 전 인류가 살아가고 있는 이 가짜 세상에 가치가 있습니까? 아니, 애초에 모두가 살기 위해 한 사람을 희생시켜도 된다고 생각하고 있는 겁니까?"

최 기자가 궁금한 것은 그것이었다. 한 사람의 희생으로 인류가 살아도 되는가? 인류 모두가 한 사람에게 죄를 지으며 살아가고 있는 이 세상이 정상인가?

하나의 인간, 인류의 하나

김남우의 대답은 빠르고 단호했다.

"그것이 전 인류라면, 당연히 그렇습니다."

"…가상의 데이터뿐인 인류라도?"

"물론."

최 기자는 심각한 얼굴로 생각에 잠겼다. 공치열과 두석규는 말없이 최 기자의 얼굴만 살폈다.

얼마 뒤, 최 기자는 말했다.

"무슨 기사를 쓰길 원합니까?"

김남우는 씩 웃었다.

"꽃밭으로 하죠. 우주에서 가져온 꽃밭에 수면제라는 비료를 뿌리고, 그 비료는 땅으로 스며든다. 하지만… 개인적으로는 아직 뭔가 더 비밀이 있을 것도 같은 511 구역이다, 정도의 느낌으로."

최 기자는 결국, 무겁게 고개를 끄덕거렸다. 김남우가 환하게 웃으며 말했다.

"환영합니다. 이제 우리는 모두, 동료입니다. 이 지구를 지키는 동료 말입니다."

"…"

셋은 웃지 못했다. 그토록 바라던 진실을 알았지만, 너무 무거운 진실은 때론 사람을 짓누르는 법이었다.

:
:

[511 구역의 진실이 밝혀지다! 정체는, 우주에서 가져온 파란 꽃!]

　DS미디어의 사무실. 책상에 앉은 최 기자가 손에 든 파란 꽃 한 송이를 바라보고 있다.

　"진실이라…"

　최 기자는 자신이 평생 처음으로 기자 정신에 위배되는 행동을 했다는 걸 알았다. 어쩔 수 없었다.

　기자는 진실을 쫓지만, 인간은 삶을 쫓을 수밖에 없다.

:
:

　공치열이 말했다.

　"이 계획이 제대로 먹혔을까요?"

　두석규가 말했다.

　"크흠! 세상이 아직 잘 돌아가고 있는 걸 보니, 제대로 먹힌 것 같군!"

　김남우가 말했다.

　"분명히 먹혔을 겁니다. 1퍼센트의 진실에서 99퍼센트의 거짓이 피어나는 법이니까."

　그리고 김남우가 마지막으로, 말했다.

　"그도 이젠, 자신이 이 세상의 평범한 일원이라고 생각하게

하나의 인간, 인류의 하나

될 겁니다. 직업은 바뀌었지만… 꽤 어울리더군요. 이제는 그도 스스로 깨어나지 않도록 노력할 겁니다. 어쩌면, 더 이상 수면제가 필요 없어질지도 모르죠."

폭우가 쏟아지는 대피소에서

"그러니까 지금, 당신이 살인자란 말입니까?"

"그렇습니다. 믿거나 말거나지만, 이 정도면 확실히 무서운 이야기 아닙니까?"

기름진 얼굴과 퉁퉁한 몸매, 수염이 덥수룩한 30대의 사내가 히죽 웃었다. 그의 말이 진짜인지 아닌지는 알 수 없었지만, 다른 사람들에게 나쁜 인상을 남긴 것만은 분명했다.

하지만 뭐, 애초에 무서운 이야기를 하나씩 해보자고 해서 나온 말이었으니, 미친 사람이라며 매도할 필요는 없었다.

폭우가 쏟아지는 산속의 임시 대피소. 비를 피해 이곳에서 하룻밤을 보내야 할 네 명의 사람들은, 시간도 때울 겸 한데 모여 무서운 이야기를 하기로 했다.

마른 체형에 눈매가 날카로운, 야구 모자를 쓴 30대 남자가 '수염남'을 향해 말했다.

"믿고 말고를 떠나서, 성의 없는 이야기란 건 알겠습니다. 할 만한 이야기가 참 없었나 봅니다."

그는 수염남의 왼편에서, 비에 젖은 가방을 정리하고 있었다. 수염남은 그를 향해 과장되게 손사래를 쳤다.

"무슨 말씀을! 정말입니다! 1년 전 오늘, 이 산에서 한 여자를 죽였습니다. 지금까지 아무도 모르고, 여태껏 시체조차 발견되지 않았지요."

그러자, 맞은편에 앉아 있던 20대 청년이 뿔테 안경을 고쳐 쓰며 물었다.

"그런 사실을 이 자리에서 고백한단 말이죠? 오늘 처음 만난 낯선 사람들에게?"

"그건, 이유가 다 있습니다. 흐흐흐."

손을 흔들며 기분 나쁘게 히죽거린 수염남은, 다른 셋을 둘러보며 말했다.

"어떤 경우에도 저는 100퍼센트 안전하기 때문이지요. 지금만 해도, 제 말을 진심으로 믿는 분이 계십니까? 없지요?"

"으음…"

"내일 경찰에 신고라도 하실 분 계십니까? 아니면, 지금 당장 저를 비난하며 벌하실 분이라도 계십니까? 없지요?"

셋은 딱히 할 말이 없었다. 수염남의 말대로 그럴 생각은 없었으니까. 다만, 이곳의 유일한 여성인 30대의 단발머리 여성이 인상을 찌푸리며 물었다.

"그 이야기가 사실이라고 치고요. 지금 그 이야기를 해서 기쁘신가요? 좋아요? 막 희열이 느껴지고 그래요?"

"희열까지야… 으하하하! 뭐, 솔직히 말하자면 나쁜 기분은 아닙니다. 일종의 해방감이 느껴진다고나 할까요? 누구에게도 털어놓을 수 없었던 이야기였으니까 말입니다."

수염남은 살인자 콘셉트를 끝까지 밀고 나갈 모양새인 듯했다. 마침 옆에서 가방 정리를 마친 마른 남자가 고개를 흔들며 말했다.

"아무리 그래도 믿을 수 없는 이야기군요. 그저 장난이라고 믿겠습니다."

"허허, 참!"

수염남은 가슴을 치며 과장되게 답답함을 표출하더니, 양 소매를 걷어붙이고 상체를 앞으로 숙이며 본격적으로 이야기할 자세를 취했다.

"그럼 제가 1년 전의 일을 아주 자세히 설명해보겠습니다. 저도 여러분들처럼 등산이 취미인 사람입니다. 주로 혼자서 등산을 하곤 하는데, 그날도 오늘처럼 기상이 안 좋아서 산에 사람이 없었습니다. 저는 산을 전세 낸 듯한 기분을 만끽하고 있었지요. 그런데 말입니다? 어디선가 사람 소리가 희미하게 들리는 겁니다. '살려주세요! 살려주세요!' 하는 소리가요."

다른 셋은 수염남의 이야기에 집중했다. 굳이 괜한 수작 부리지 말라며 이야기를 막기에는, 이곳에서 딱히 할 일도 없었다. 폭우가 쏟아지는 밖으로 나갈 것도 아니고.

대피소 건물 위로 줄기차게 떨어지는 거센 빗소리 덕분인지,

퍽 분위기도 살았다.

"소리가 들리는 곳으로 가보니, 웬 여자가 바닥에 나뒹굴고 있더군요. 아마 근처 경사에서 떨어진 모양인데, 한눈에 보기에도 상태가 좋지 않았습니다. 그녀는 저를 발견하자마자 살려달라고 소리치더군요. 저는 황급히 다가갔고, 곧 우리가 구면이라는 사실을 깨닫게 되었습니다. 그녀가 누구였는지 상상이나 되십니까?"

수염남은 이야기를 멈추며 셋을 돌아보았다. 이야기 솜씨가 나쁘지 않았는지, 뿔테 안경 청년은 손에 든 초코바를 아까부터 뜯지 못하고 있었다. 수염남은 히죽 웃으며 말했다.

"아나운서 홍혜화!"

"홍혜화… 홍혜화?"

"아! 홍혜화라면 작년에 실종되었던…"

시간 차이는 있었지만, 다들 홍혜화의 정체를 눈치챘다. 1년 전에 갑자기 실종되어 현재까지 깜깜무소식인 공중파의 유명 아나운서였다. 꽤 화제를 일으켰던 사건이었고, 그녀와 스토커를 연관 지은 특집 방송이 편성되기도 했었다.

단발녀가 미간을 찌푸리며 쏘아붙였다.

"그러니까, 1년 전에 실종된 게 아니라 1년 전에 사망한 거라고요? 범인이 아저씨고?"

"딩동댕! 호호호."

수염남의 낮은 웃음소리에 단발녀의 표정이 일그러졌다. 마른 남자는 여전히 믿지 않는다는 듯 무표정한 얼굴로 수염남을 쳐다보았다. 반면, 완전히 집중한 듯한 뿔테 청년이 다급하게 물었다.

"어, 어떻게요? 왜? 뭐 때문에요?"

그를 돌아본 수염남이 씩 웃으며, 다시 목소리를 가다듬고 사람들을 집중시켰다.

"자, 들어보시길. 제가 그녀를 발견했을 때 그녀의 다리는 이상한 방향으로 꺾여 있었습니다. 게다가 그 상태로 방치된 지 꽤 된 듯했는데, 제가 놓지 않으면 그대로 죽을 것처럼 보였습니다. 그래서 저는, 소리치는 그녀의 말을 무시하고, 이렇게 물었습니다."

[〈불만 먹거리〉 방송에서 왜 우리 가게를 공격했습니까? 몸에 나쁘지 않은 기름인 걸 알고도 일부러 조작한 이유가 뭡니까?]

"불만 먹거리? 불만 먹거리라면…"

"예. 홍혜화가 진행하던 식당 고발 프로그램이었지요. 제가 10년간 운영하던 가게를 망하게 만든 그 프로그램 말입니다! 저는 그녀에게 물었습니다. 왜 조작 방송을 내보내서 내 가게를 망하게 했냐고. 왜 정정 보도를 해주지 않았냐고. 그때 그녀가 뭐라고 했을 것 같습니까?"

"…"

"자신은 그냥 방송국에서 시킨 대로 할 뿐이라며, 살려달라고 하더군요. 그래서 또 물었죠. 그럼 왜 제가 보낸 이메일을 무시했냐고, SNS는 왜 차단했고, 방송국에선 왜 한마디 말도 들어주지 않고 경비원을 불렀느냐고요. 그것도 방송국에서 시킨 대로 한 거냐고 말입니다. 그녀는 대답 대신, 울며불며 애원했습니다. 그 모습을 보고도 동정심이 생기지 않았다고 한다면… 믿으실까요? 하지만 저는 그랬습니다. 그래서 그냥 그녀를 두고 떠났습니다. 그때 폭우가 쏟아졌고, 저는 이 임시 대피소로 피했죠. 저기 저 벽에 돌로 긁은 흔적 보이시죠? 1년 전에 제가 그런 겁니다."

모두의 시선이 한쪽 구석의 벽으로 향했다.

"솔직히 비가 쏟아질 때는 조금 갈등했습니다. 지금이라도 그녀를 구하러 갈까 말까…"

벽의 흔적을 바라보는 수염남의 얼굴이, 그날의 기억을 떠올리는 듯했다. 뿔테 청년이 침을 꿀꺽 삼키며 물었다.

"그래서 아, 안 구한…"

"뭐 보시다시피? 안 구했죠. 하하하."

피식 웃은 수염남이 뿔테 청년에게 손을 내밀며 물었다.

"혹시 남는 초코바 좀 있습니까? 배 속이 출출한데."

"아."

뿔테 청년은 반사적으로 손에 든 초코바를 수염남에게 내밀었다.

"어이구, 감사."

수염남은 초코바의 포장을 벗기며, 아무렇지도 않은 듯한 말투로 말했다.

"다음 날 비가 멈춘 뒤, 다시 그곳으로 가봤습니다. 그녀는 무너진 흙에 반쯤 묻힌 채로 죽어 있더군요. 막상 그 모습을 보니까 어찌나 속이 시원하던지! 하하하하."

"…"

"그런데 문득, 그녀를 감춰야겠단 생각이 들더군요. 만약, 그녀가 사망한 산에 제가 갔었단 사실이 밝혀지면? 그녀가 하는 방송 때문에 제가 피해를 봤었단 사실이 밝혀지면? 분명 귀찮아지겠죠. 그래서 저는 그녀를 아무도 모를 땅속에 묻었습니다."

수염남은 초코바를 한 입 베어 물고 우물거리며 말했다.

"설마, 그곳이 어딘지 묻는 분은 없으시겠지요? 으하하하."

"으음."

이야기를 듣고 있던 셋의 표정은 모두 제각각이었다. 마른 남자는 여전히 무표정했고, 단발녀는 미간을 잔뜩 찌푸렸고, 뿔테 청년은 그 이야기를 진심으로 믿는 듯 심각한 표정이었다.

뿔테 청년은 무언가 말할 듯 말 듯 입술을 오물거렸는데, 그보다 먼저 마른 남자가 입을 열었다.

"이번엔 제가 무서운 이야기를 할 차례입니까?"

셋의 시선이 마른 남자에게로 향하자, 마른 남자는 양손을 귀에 갖다댔다. 그러고는 낮은 목소리로 말했다.

"빗소리를 잘 들어보십시오."

셋은 의아하다는 얼굴로 마른 남자를 쳐다보았지만, 일단은 시키는 대로 소리에 집중했다.

두두두두두두둑.

대피소를 거세게 두드리는 빗소리에 모두가 집중할 때, 마른 남자가 물었다.

"비닐 소리가 들리지 않습니까? 빗물이 비닐을 때려대는 소리 말입니다."

셋은 미간을 찌푸렸다. 들리는 것 같기도 하고, 아닌 것 같기도 하고…

"잘 들어보시면 들릴 겁니다. 이 대피소 뒤편에 있는 비닐 가방을 때리는 소리가 말입니다."

"으음?"

"비닐 가방?"

마른 남자는 한순간, 빙긋 웃으며 말했다.

"시체가 담겨 있는 비닐 가방 말입니다."

"시, 시체?"

셋의 눈이 휘둥그레졌다. 그러면서 자기도 모르게 빗소리에 더 집중했다.

투두두둑투두두두두두.

마른 남자가 말을 이어나갔다.

"저는 흥신소를 운영하고 있습니다. 돈만 주면 무슨 일이든 처리해주죠."

"흥신소…"

"이번에 아주 큰 건이 들어왔는데, 죽은 여자의 시체를 처리해달라는 의뢰였습니다. 저희가 살인까지는 하지 않지만, 시체 유기 정도면 이야기가 다르지요. 보수만 좋다면야… 저는 고민해봤습니다. 이번 보수가 시체 유기죄를 감수할 정도인가?"

마른 남자는 손바닥을 쥐어 보이며 말했다.

"보수는 차고 넘쳤습니다. 저는 흔쾌히 의뢰를 받아들였고 이렇게, 시체를 처리하기 위해 이 산에 올랐습니다. 여기만큼 시체를 유기하기에 좋은 장소가 없기도 하고, 예전에도 이 산에 신세를 진 적이 있었기 때문입니다. 그래서 일부러 폭우가 쏟아지는 날을 골랐는데… 사람 한 명 없을 줄 알았던 이 산에, 이렇게나 사람이 많을 줄 누가 예상이나 했겠습니까, 여러분?"

"으음…"

"아…"

"…"

사람들은 서로의 눈치를 보았다. 확실히 우연 치고는 이상한 일이긴 했다.

마른 남자가 손을 뒤로 뻗으며 물었다.

"어떻습니까, 이 정도면 무서운 이야기 아닙니까?"

셋의 얼굴이 뻣뻣하게 굳었다. 마른 남자의 덤덤한 모양새가 왠지 사실을 말하는 듯한 느낌을 주었다. 뿔테 청년은 조금 겁에 질린 듯, 귀에 손을 대고 바깥의 빗소리에 집중했다. 수염남은 "크흠!" 소리를 내더니, 고개를 작게 흔들며 말했다.

"나가서 확인만 해보면 거짓말인지 아닌지 바로 알 수 있는 이야기군…"

　　　　　폭우가 쏟아지는 대피소에서

마른 남자는 문을 향해 어깨를 으쓱해 보였다. '얼마든지'라고 말하는 것처럼. 그러나 수염남은 굳이 엉덩이를 떼진 않았다.

이윽고 잠깐의 침묵이 이어졌다. 그것을 견딜 수 없었던 건지, 뿔테 청년이 자기 가방에 손을 집어넣어 사탕들을 쏟아냈다.

"사, 사탕 드실 분?"

뿔테 청년은 모두에게 사탕을 건넸고, 마지막으로 사탕을 받은 단발녀가 조용히 입을 열었다.

"이번엔 제가 이야기해도 되죠?"

셋은 단발녀를 돌아보았고, 단발녀는 사탕을 만지작거리며 입을 열었다.

"귀신 얘기나 할 줄 알았는데, 진짜 무서운 얘기들을 하시네요… 그럼 저도 어쩔 수 없죠. 하나 털어놓을 수밖에…"

말을 꺼내는 그녀의 시선이 수염남을 향하고 있었다. 그녀는 잠깐 그를 바라보다가, 이야기를 시작했다.

"1년 전, 남편의 외도 사실을 알게 되었어요."

"아이고, 저런!"

"저는 이혼을 결심했고, 남편은 한 번만 용서해달라며, 용서만 해주면 뭐든지 하겠다며 빌었지요. 저는 남편에게 증명해보라고 했어요. 그랬더니 남편이… 1년 전에 저를 이 산으로 데려왔어요."

셋은 움찔 놀랐다. 특히 수염남이 가장 크게 놀랐다.

"1년 전에?"

"예. 저는 도대체 이곳에는 왜 온 거냐고 따져 물었지만, 남편은 대답이 없었어요. 가서 보기만 하면 자기의 진심을 무조건 알 수 있다더군요. 그렇게 남편은 절 산속 어느 장소로 데려갔는데… 그곳에서 남편이 당황하며 말하더군요."

[어, 어디 갔지? 어디, 어디에? 분명히 여기인데!]

"설마!"

수염남의 얼굴이 딱딱하게 굳었다. 단발녀는 그를 똑바로 보며 말했다.

"그곳의 뒤로 경사기 져 있디군요."

창백해진 수염남의 눈동자가 흔들렸지만, 단발녀는 아무렇지도 않게 이야기를 이어갔다.

"제가 남편에게 뭘 보여주려고 하는 거냐고 물어도, 남편은 아무 대답도 못 했어요. 끝내 저랑 남편은 이혼했고요. 그런데 만약, 그날 남편이 보여주려고 했던 것이 지금 제가 생각하는 그 것이었다면… 어쩌면 전…"

단발녀의 입이 닫히고, 분위기가 무겁게 가라앉았다. 그녀는 가만히 수염남을 바라보았고, 수염남은 흔들리는 눈빛으로 땅만 보았다.

"오늘에서야 알게 되었네요. 제 남편이 누구와 바람을 피웠는지… 그리고 왜 그날 나를 이 산으로 끌고 왔는지… 오늘에서야 말이에요. 당신이 발견한 그녀를 절벽에서 밀어버린 게 제 남편이었군요. 그녀를 외면하고 지나친 사람이 당신이고…"

"…"

"그럼, 누가 살인자죠? 제 남편인가요, 당신인가요?"

말없이 부들부들 떨던 수염남이 갑자기 크게 웃어젖혔다.

"노, 농담이었지요! 제 말을 믿었단 말입니까? 으하하하! 아니, 무서운 이야기를 하자면서요? 당연히 다 지어낸 이야기였지요! 마침 1년 전에 실종된 홍혜화 아나운서가 생각나서 그럴듯한 이야기를 지어낸 겁니다. 그게 진짜일 리가 없지 않습니까? 이거, 다들 이렇게나 감쪽같이 속았으면, 내가 대성공한 건가? 으하하하하!"

수염남은 급히 화제를 돌리려는 듯, 뿔테 청년을 돌아보며 음성을 높였다.

"이, 이봐요! 거기가 할 차례지요? 무서운 이야기! 모두 한 번씩 했으니까 그쪽도 해야지요! 나처럼 잘 지어내보십시오! 으하하."

"예? 아… 예에."

청년은 뿔테 안경을 고쳐 쓰며 생각에 잠겼다. 그는 생각보다 오랜 시간을 궁리하다가 말을 꺼냈다.

"사실 저는요… 태어나서 한 번도 연애를 해본 적이 없어요."

"응? 정말?"

"정말로 한 번도요."

"세상에!"

수염남은 일부러 과장된 몸짓으로 맞장구쳤다.

"요즘 시대에 그러기가 쉽지 않을 텐데! 무슨 사정이라도 있습니까? 어디 문제라도 있어요?"

"예. 뭐, 성격 탓도 있는 것 같고, 좀…"

"얼굴은 나쁘지 않은데 말입니다. 거참!"

"…근데 실은 말이죠."

"으음?"

순간, 뿔테 청년의 얼굴이 무표정하게 변했다.

"작년에 제가 경찰 조사를 굉장히 많이 받았거든요. 왜일까요?"

"그, 글쎄요?"

"사실은 제가… 작년까지 이떤 여인을 스토킹하고 있었거든요."

"스토킹? 설마?"

순간적으로 사람들의 눈이 커졌다. 특히 수염남은 말까지 더듬으며 물었다.

"스토킹이라면 호, 혹시?"

"예. 아나운서 홍혜화 실종 사건 때, 기억하시죠? 특집으로 다뤘잖아요. 스토커 용의자… 그게 저예요."

대피소 안에 갑작스러운 침묵이 흘렀다. 오직 거센 빗소리만이 들릴 뿐, 누구도 섣불리 말을 꺼내지 못하고 있었다. 그 적막을 깨며 뿔테 청년이 말했다.

"저는 여러분이 오늘 왜 이 산에 왔는지 알고 있어요."

모두의 표정이 딱딱하게 굳었다. 뿔테 청년은 수염남을 바라보며 말했다.

"아저씨. 그날, 정말로 통쾌했어요?"

"…"

"사실은 후회했죠?"

정곡을 찔린 듯, 수염남의 눈이 흔들렸다.

"아저씨는 분명 금방 다시 그녀를 구해주러 달려갔을 거예요. 그러나 그녀가 이미 죽어 있는 걸 보고… 후회했죠?"

"…"

"누군가에게 들키기 싫어서 묻었다고요? 아니요. 무덤을 만들어준 거였죠. 그래서 이렇게 올해도 그녀의 넋을 기리기 위해 무덤을 찾아온 거고요. 제 말이 틀렸나요?"

"…"

"아저씨가 사람을 죽였다고 한 말은 틀렸어요. 진짜 사람을 죽인 사람은 따로 있죠."

뿔테 청년의 고개가 마른 남자에게로 돌아갔다.

"최무정 씨."

"…"

"뭐?"

다른 둘이 놀란 눈으로 뿔테 청년과 마른 남자를 바라보았다. 그도 그럴 것이, 이 대피소에 모인 넷은 통성명을 한 적이 없었다. 혼란스러워하는 수염남에게 뿔테 청년이 말했다.

"1년 전 그날, 이 산에는 아저씨만 있었던 게 아니었어요. 실은 여기 이 최무정 씨도 있었죠."

"뭐?"

모두의 시선이 마른 사내 최무정에게로 향했고, 그는 땅에 시선을 둔 채 입을 다물었다. 뽈테 청년은 그를 보며 말했다.

"1년 전 그날, 최무정 씨는 시체를 유기하러 가는 길이었어요. 시체가 든 비닐 가방을 짊어지고서 산을 오르는 중이었죠. 그러다 최무정 씨는 발견하고 만 거예요. 살려달라며 소리치는 홍혜화 씨를 말이죠."

"다, 당신도?"

수염남이 휘둥그레진 눈으로 최무정을 바라보며 물었지만, 그는 고개조차 들지 않고 침묵했다.

"최무정 씨는 멀리서 그녀를 보고 구해주려 했지만, 자신이 짊어지고 있던 시체 때문에 그러지 못했어요. 갈등하던 최무정 씨는 얼른 시체를 처리하고 와서 도와줄 생각을 했죠. 멀리서 봤을 땐 얼마나 심각한 상황인지 알 수 없었거든요. 그게 틀렸던 거예요. 아저씨처럼… 최무정 씨가 뒤늦게 도착했을 땐 이미 늦었던 거죠."

"…"

최무정은 한마디의 부정도 하지 않고 묵묵히 있었다. 뽈테 청년은 두 남자를 돌아보며 물었다.

"두 분 다 그녀를 구할 기회가 있었어요. 그런데 두 분 다 구하지 않았죠. 이건 살인일까요? 그럼 제가 두 분을 증오해야 하는 걸까요? 제 모든 것이었던 그녀를 죽게 만든 두 분을요?"

"그건!"

"…"

뽈테 청년이 스스로 대답했다.

"아니요. 원망하지 않아요. 최무정 씨는 홍혜화 씨의 죽음을 확인하고 도망가긴 했지만, 이후 죄책감 때문인지 본인의 능력을 발휘해 유력한 용의자를 찾아냈어요. 그게 바로 저였죠."

"…"

"그리고 아저씨는, 지난 1년간 몇 번이나 그녀의 무덤에 찾아와 사과했죠. 알아요. 후회하고, 괴로워하고 있는 거. 일부러 자신을 살인자라고 소개하면서 우리에게 욕을 먹으려고 한 것도 다 죄책감 때문이었겠죠."

"…"

"이렇게 폭우가 쏟아지는 날에도 그녀의 기일을 챙기기 위해 찾아온 걸 보면… 그 가방 안에 있는 건 꽃이죠?"

"…"

수염남은 고개를 떨구었다.

그때,

"그럼 이 가방 안에는 뭐가 있을까요?"

청년이 단발녀의 가방을 가리켰다. 단발녀의 미간이 좁아졌다.

"내 가방?"

"그 안에 편지 있죠?"

청년의 말에 단발녀는 움찔했다.

"뭐, 뭐라고?"

청년이 물었다.

"누나는 오늘, 여기 왜 온 거예요?"

"아, 그건!"

눈에 띄게 당황하는 단발녀에게 사람들의 시선이 몰렸다.

"미스터리하죠. 저 누나는 여기 왜 왔을까? 이렇게 폭우가 쏟아지는 산에 위험하게. 그것도 혼자서."

"아…"

"그 답은 가방 안 편지에 있죠."

단발녀의 두 눈이 사정없이 흔들렸다.

"그 편지에는 아마 이렇게 쓰여 있을 거예요."

[나 홍혜화야. 사실이 밝혀지는 게 싫으면 그곳으로 와.]

"뭐야!"

놀란 수염남이 반사적으로 소리쳤고, 창백해진 단발녀의 입술이 덜덜 떨렸다. 뿔테 청년이 무심하게 말했다.

"그 편지, 제가 보낸 거예요. 그런데 이상하죠? 누나는 왜 그 편지를 받고 이곳으로 왔을까요? 누나는 이 산에서 무슨 일이 있었는지 모르잖아요. 그냥 1년 전에 남편이 억지로 끌고 왔던 거잖아요. 이 산에서 무슨 일이 있었는지, 누가 죽었는지 전혀 모르지 않나요?"

"아, 아…"

"어쩌면… 사실 그날 산으로 끌려온 사람은 누나가 아니라 남편이 아니었을까요? 누나가 남편을 산으로 끌고 온 거죠. 무언가를 보여주기 위해서."

단발녀는 아무 말도 못 했다. 충격에 휩싸인 단발녀를 바라보는 수염남의 목소리가 떨렸다.

"그럼 홍혜화를 절벽에서 밀었던 사람이?"

단발녀는 덜덜 떨리는 고개를 좌우로 흔들었지만, 입 밖으로는 소리를 내지 못했다. 뿔테 청년은 담담하게 설명했다.

"남편의 내연녀를 살해하고, 그 모습을 남편에게 보여주려고 데려왔겠죠. 그런데, 도착해보니 시체가 사라진 상태였어요. 아저씨가 그녀를 묻어주었기 때문이죠. 누나가 얼마나 당황했을까요? 누나는 지난 1년간 정말로 불안했을 거예요. 이렇게 생각했겠죠. 혹시, 홍혜화가 어딘가에 살아 있진 않을까?"

"으…"

"그래서 제가 보낸 편지를 받고서 바로 이곳으로 찾아온 거예요. 덕분에 저는 확신할 수 있었죠. 그날 그녀를 밀었던 건 누나의 남편이 아니라, 누나였다는 사실을."

새파랗게 질린 단발녀의 얼굴이 부들부들 떨렸다. 그녀가 이를 딱딱 부딪치며 무언가 말하려 할 때,

"쉿!"

뿔테 청년이 손가락을 입에 가져다 댔다. 그러고는 다시 귀 근처에 손을 올리고, 낮은 목소리로 중얼거렸다.

"조용히… 바깥에서 들리는 빗소리에 귀를 기울여봐요."

투두두둑두두두두둑.

대피소를 때리는 거센 빗소리가 넷의 귓가에 들려왔다. 그들이 뿔테 청년을 바라보자, 청년이 말했다.

"아까 들렸어요? 빗줄기가 비닐 가방에 부딪히는 소리 말이

에요. 잘 들어보세요, 누나."

"으으…"

단발녀의 얼굴이 일그러지든 말든, 청년은 낮은 목소리로 중얼거렸다.

"들리죠, 누나? 그럼, 소리로 구분할 수 있겠어요? 저 비닐 가방 안에 정말로 시체가 들어 있는지, 아니면 아직은 아무것도 들어 있지 않은지 말이에요."

"…"

단발녀의 얼굴은 하얗게 질렸고, 뽈테 청년은 무심하게 웃었고, 최무정은 고개만 숙이고 있었고, 수염남은 혼란스러운 눈초리로 어쩔 줄을 몰라 했다.

이윽고 청년의 손이, 사탕을 꺼냈던 가방 안으로 들어갔다. 누구도 청년을 막지 못했다. 혹은 막지 않았거나.

증오의 동굴

출입 통제 구역을 넘어선 깊은 산. 호기심 많은 고등학생 두 명이 그들 나름의 모험을 하고 있다. 단짝 친구 김남우와 최무정이다.

최무정이 앞장서고 김남우가 뒤따랐는데, 불안불안하게 뒤를 힐끔거리던 김남우가 최무정에게 말했다.

"너무 멀리 온 거 아니야? 내려가는 길 알아? 나무밖에 안 보이는데."

"왜? 겁나냐?"

장난스럽게 웃은 최무정이 겁을 주려는 모양새로 목소리를 낮췄다.

"근데 너 그거 알아? 이 산에 어떤 미친 사람이 산다고 하더라. 머리는 산발해서 이만한 칼을 들고 다닌대. 만나면 우리 죽을지도 몰라."

"진짜?"

"겁나지?"

최무정의 도발에 김남우는 발끈했다.

"아니. 네가 겁난 거 아니고?"

"난 하나도 겁 안 나는데?"

"그래? 나도."

둘은 경쟁하듯 일부러 더 과감하게 산을 탔다. 앞장서서 훌쩍 거리를 벌린다거나, 경사진 바위를 괜히 오르기도 했다. 둘은 너무 깊숙이 들어왔다 싶은 마음이 들었지만, 먼저 돌아가자는 말을 하기가 껄끄러운 상황이었다. 그러다 갑자기,

"우와! 이거 봐!"

앞서 걷던 최무정이 비명을 질렀다. 그의 시선은 아래로 향해 있었는데, 그곳을 확인한 김남우도 감탄사를 내뱉을 수밖에 없었다. 갈라진 바닥 아래로 동굴이 깊게 뚫려 있었다.

"와, 진짜 무섭다. 이런 데 떨어지면 그냥 죽겠다."

"그치? 여기 떨어지면 절대 못 올라오겠다."

김남우는 머리만 최대한 앞으로 내민 자세로 아래를 내려다보았다. 조금 뒤에서 그 모습을 지켜보던 최무정의 눈빛에 장난기가 어렸다. 그는 몰래, 김남우의 상체를 확 밀었다가 당겼다!

"왁!"

"악! 씨발!"

식겁하는 김남우의 모습에 최무정이 박장대소했다.

"으하하하하! 놀랐지? 놀랐지?"

증오의 동굴

"하지 말라고! 아 씨, 진짜!"

김남우는 정색하고 화를 냈지만, 최무정은 여전히 웃음기를 지우지 않았다.

"무서웠어? 알았어, 미안해. 미안. 안 할게. 너무 무서웠지? 흐흐흐."

김남우는 자존심상 차마 대답은 못 하고 인상만 찌푸렸다. 일부러 의연한 척 다시 동굴 아래를 바라보는데, 최무정이 또 장난을 걸었다.

"왁!"

한데 그 순간,

"으아아악!"

김남우가 짚은 발의 땅이 무너지며 추락하고 말았다!

"남우야!"

깜짝 놀라 아래를 내려다본 최무정의 얼굴이 새파랗게 질렸다. 동굴 저 아래, 줄이 끊어진 인형처럼 누워 있는 김남우의 머리에서 핏물이 흘러나오고 있었다.

"으으, 으으아아!"

벌벌 떨던 최무정은 김남우의 이름을 몇 번 부르다가, 혼이 나간 얼굴로 비명을 질렀다. 고개를 흔들며 뒷걸음질하던 그는 뒤돌아 도망쳐버렸다.

.
.
.

"으으… 음…"

깊은 동굴의 차가운 바닥. 김남우가 인상을 찌푸리며 희미하게 눈을 떴다.

"살려주세요…"

신음 같은 그의 작은 목소리는 밤의 어둠에 묻혔다. 다시 혼절한 김남우는 다음 날, 해가 중천에 뜬 뒤에야 깨어났다.

"살려주세요! 살려주세요! 무정아! 무정아! 살려주세요!"

김남우가 울며불며 고함을 질러도 산은 고요했다. 온몸이 부서지는 듯한 고통보다 공포가 더 컸다. 설마 이렇게 죽는 걸까? 무정이가 구조대를 안 불렀나? 하루가 지난 것 같은데 왜 아직도? 구조대가 여길 못 찾고 있는 건가? 무정이는 뭘 하고 있는 거지?

"으으… 제발 살려주세요! 여기 사람 있어요! 살려주세요! 여기 사람 있어요!"

김남우는 동굴 입구를 올려다보며 미친 듯이 소리 질렀다. 한데 그때, 동굴 입구로 불쑥 얼굴 하나가 나타났다!

"아! 아악! 살려주세요! 아저씨! 살려주세요!"

김남우는 더 울컥해서 소리를 질렀다. 살았구나! 드디어 살았구나!

한데, 고개를 내민 산발의 사내는 무표정하게 김남우를 내려다보기만 했다.

증오의 동굴

"아저씨! 살려주세요! 살려주세요, 아저씨!"

김남우가 아무리 불러도 말이 없던 사내의 머리가 동굴 입구에서 사라졌다.

"아, 아저씨! 가지 마요! 아저씨! 살려주세요! 아저씨, 가지 마요! 아저씨!"

김남우는 발광했지만, 사내는 돌아오지 않았다. 김남우는 이해할 수가 없었다. 왜? 왜??

악에 차서 계속 소리만 지르던 김남우는 1시간 뒤에야 사내의 얼굴을 다시 볼 수 있었다.

"아, 아저씨! 아저씨, 살려주세요! 119 불러주세요! 아저씨, 제발요!"

사내는 낚싯줄에 묶인 무언가를 동굴 아래로 내려보냈다. 구급상자였다. 김남우는 일단 그것을 받으면서도 계속 소리쳤다.

"아저씨! 살려주세요! 아저씨! 말 못 하세요? 119에 신고해 주세요! 119요! 아저씨, 신고요!"

그러나 사내는 그대로 또 사라져버렸다. 다시 한참을 소리 지르던 김남우는, 울먹이면서 구급상자를 열었다.

"말을 못 하는 아저씨인가 봐. 금방 올 거야. 지금 사람들 부르러 갔을 거야. 분명 사람들 데리고 다시 올 거야."

김남우는 약을 바르고, 어설프게나마 붕대를 감으며 사내가 돌아오길 기다렸다. 기다리는 동안, 최무정이 말했던 이 산에 사는 미친 아저씨가 생각났다. 그 아저씨일까? 정신적으로 문제가 있는 아저씨인가?

얼마 뒤, 다시 그 아저씨가 동굴 입구로 고개를 내밀었다.

"아저씨! 아저씨, 살려주세요! 아저씨, 구급대 불러주세요! 신고해주세요! 신고했어요? 아저씨!"

사내는 이번엔 바구니를 내렸는데, 물과 빵이 들어 있었다. 김남우는 그게 중요하지 않았다.

"아저씨! 신고했어요? 아저씨! 살려주세요! 아저씨! 아저씨!"

김남우가 답답해 마구 소리치던 그때, 드디어 사내의 입이 열렸다.

"네 친구가 널 버렸나보지?"

"예? 아저씨 말할 줄 아세요? 신고해주세요! 신고했어요?"

그는 아무렇지도 않은 얼굴로 무서운 말을 내뱉었다.

"신고 안 했어. 내가 왜 널 구해줘야 하지?"

"네?"

"널 구해줄 사람은 아무도 없어. 여긴 사람이 오지 않아."

"네? 왜 그러세요! 아저씨, 왜 그러세요!!"

김남우의 울음이 폭발했다. 아까부터 이상하더니 도대체 왜 저러는 걸까?

"제발 좀 구해주세요! 장난하지 마시구요. 제발요! 제발 살려주세요! 네? 제발요!"

아무리 애원해도 사내는 차가웠다. 오히려 이 상황을 즐기는 듯 희미한 웃음까지 지었다. 그는 말했다.

"작년에 개봉한 영화 〈올드보이〉 봤어? 그 영화처럼 15년쯤 뒤에는 기회가 올지도 모르지. 그 전엔 거기서 나올 수 없을 거야."

"무슨 소리예요, 아저씨! 제발요! 제발 살려주세요! 엄마! 살
려주세요, 제발!"

김남우가 우는 모습을 구경하던 남자는 다시 사라졌다. 그날
밤, 김남우는 추위와 공포에 떨면서 밤새도록 울고, 소리 지르다
잠이 들었다.

다음 날에도 사내는 다시 나타났지만, 물과 빵만 내려주고 김
남우를 구경하다가 그냥 가버렸다. 그나마 담요를 떨어뜨려 주
어 밤의 추위를 조금이나마 막을 수 있었다.

다음 날도, 그다음 날도. 사내는 최소한의 음식을 제공해줄 뿐
김남우를 절대 구해주지 않았다.

김남우가 체념에 가까운 감정을 느낄 때쯤, 사내가 대화를 걸
었다.

"왜 너를 구해주러 오는 사람이 한 명도 없을까?"

"아저씨, 제발 살려주세요…"

"네 친구가 너를 밀었잖아. 네 친구는 무사히 산을 내려갔는
데, 왜 아무런 소식이 없을까? 왜 네 시체조차 찾으러 오는 사람
이 없을까?"

"아저씨, 제발…"

"그놈은 널 배신한 거야. 네가 죽었다고 생각했겠지. 자기가
너를 죽였다고 생각했겠지. 그래서 그놈은 그 사실을 평생 묻어
두기로 한 거야. 살인자가 되기 싫으니까. 널 죽였다는 사실을
누구에게도 들키면 안 되니까 신고조차 하지 않고 모른 척하기

로 한 거야."

"…"

김남우도 이 며칠 사이 이미 비슷한 상상을 하고 있었다. 사내는 김남우의 절망적인 얼굴을 보며 기쁘게 웃었다.

"난 절대 너를 구해주지 않아. 하지만 네가 굶어 죽지 않도록 관리할 거야. 괴로워하는 네 모습을 보는 게 너무 즐겁거든."

"제발… 살려주세요. 제발요. 제발!"

"내 멋진 계획이 뭔지 알아? 네 친구 이름이 최무정이지?"

사내는 너무 두근거려서 참지 못하겠다는 듯한 얼굴로 말했다.

"너를 15년 동안 내가 살릴 거야. 그리고 15년 뒤에 그놈을 다시 여기로 데려올 거야. 자기가 죽인 줄 알았던 친구가 15년이 지나도록 살아 있는 모습을 보았을 때, 그놈은 어떤 표정을 지을까? 어떻게 할까? 아아, 정말 최고일 거야!"

김남우는 사내가 미친 사람이란 걸 절감했다. 저 사내가 절대 자신을 구해줄 리 없다는 걸 느꼈다. 그럼에도 불구하고 애원했지만, 사내는 들은 체도 안 했다.

일주일이 지나고, 보름이 지나고, 한 달이 지나고, 김남우는 절망했다. 희망이 보이질 않았다. 사내에게 애원해보고 욕도 해보고, 무시도 해봤지만, 이 상황을 바꿀 수 없었다. 스스로 탈출해보려고도 했지만, 혼자 힘으로는 절대 빠져나갈 수 없는 구조였다. 이대로 이 동굴에서 저 사내의 장난감으로 살 수밖에 없다면, 차라리 죽는 게 나을지도 몰랐다. 그동안 사내는 김남우에게 음식을 던져 주고, 침낭과 베개, 두꺼운 솜이불까지 던져 주었다. 그는 정말로 15년간 김남우를 살릴 만반의 준비가 되어 있는 듯했다. 김남우는 매일 자살을 생각했다. 하지만 실행하지 않았다. 무서워서가 아니라, 최무정 때문이다.

김남우는 당연히 사내를 증오했다. 하지만 깊은 밤 홀로 잠자리에 들 때, 떠오르는 얼굴은 최무정이었다. 녀석은 어떻게 나한테 그럴 수 있지? 어떻게 날 버릴 수가 있지? 나를 밀어버리고선 어떻게?

사내는 영리하게도 최무정의 이야기를 꺼냈다.

"그 친구 찾았어. 보근고등학교 3학년 2반. 잘 지내고 있던데? 운동장에서 축구도 하더라고. 15년 뒤에 꼭 다시 이곳으로 불러줄게."

김남우는 최무정을 향한 증오심 때문에라도 자살하지 않았다. 사내가 정말로 15년 뒤에 최무정을 데려온다면, 녀석의 그 얼굴을 반드시 보고 싶었다.

견디다 보니 동굴에서의 삶도 점점 익숙해졌다. 사내가 많은 걸 갖다주었다. 처음엔 빵과 물뿐이었지만, 나중에는 주로 김밥을 내려주었다.

"원래는 〈올드보이〉처럼 군만두만 먹여야 하는 건데 말이야. 근데 매일 군만두만 사가면 너무 미친놈 같잖아?"

김남우는 울컥해서 당신이 그럼 안 미친놈이냐고 소리치고 싶었지만 참았다. 어느 정도 시간이 지났을 때부터 김남우는 사내를 투명인간 취급했다. 그게 그가 할 수 있는 유일한 저항이었다. 자신의 괴로워하는 모습을 보면서 즐기는 게 뻔한 사내를 최대한 무시하는 것이 김남우의 복수였다.

그것이 사내에게 제법 효과가 있었을지도 모른다. 하지만 사내는 그 상황마저도 즐기는 법을 알고 있었다.

사내는 하루 동안 찾아오지 않았고, 김남우는 하루를 굶어야 했다. 그래도 김남우는 걱정하지 않았다. 그 변태 사이코 같은 놈이 자신을 죽게 둘 리 없단 걸 잘 알고 있었으니까. 한데, 하루 뒤 니타난 사내는 이렇게 말했다.

"남우야. 치킨 먹고 싶지 않아?"

사내의 그 물음에 김남우는 움찔했다. 사내는 유혹하듯 속삭였다.

"배고프지? 사회에 있을 때 어떤 치킨 좋아했어? 처갓집 양념 통닭? 비비큐 후라이드? 멕시카나? 교촌 간장치킨?"

"…"

"하나 사줄게. 뭘 사줬으면 하는지 내게 부탁만 하면 돼. 아니다, 부탁이 아니라 명령해! 내게 명령해. 그러면 내가 사줄게. 응? 뭘 먹고 싶어? 원하는 메뉴가 있을 거 아니야?"

김남우는 침을 꿀꺽 삼키면서도 사내를 투명인간 취급했다. 그럴 줄 알았다는 듯, 사내는 무언가를 던지고 떠났다. 컬러로 된 치킨 전단이었다.

사내가 떠난 뒤, 김남우는 안 그러려고 해도 자꾸만 치킨 전단에 시선이 갔다. 1년이 넘도록 구경도 못 했던 치킨이다. 하루를 굶은 뒤에 보는 치킨 사진은 머릿속에서 환상까지 재현했다.

적당한 시간이 흐른 뒤, 사내가 다시 나타났다.

"정했어? 뭐로 먹을지. 고민되면 말이야, 후라이드와 양념 둘 다는 어때? 시원한 콜라와 함께 말이야. 물론 코카콜라지."

김남우는 견디려 했지만 끝내, 자신과 타협했다. 한마디만 하자. 오늘 딱 한마디만!

"처갓집…"

"뭐라고? 잘 안 들려! 이쪽 보고 말해줘."

"처갓집!"

사내는 비로소 김남우와 눈을 마주칠 수 있었고, 빙긋 웃었다.

"처갓집? 처갓집 양념 반, 후라이드 반? 그거면 돼?"

김남우는 차마 입은 열지 못하고 고개를 끄덕였다. 사내는 몇 시간 뒤에 정말 치킨과 함께 나타났다.

"조금 식긴 했지만, 아직 온기가 있네. 콜라는 시원하니까 걱정하지 말고."

김남우는 양념치킨을 한입 베어 무는 순간, 눈치를 버렸다. 게걸스럽게 입안으로 밀어 넣었다. 목이 막힐 때마다 들이켜는 차가운 콜라의 탄산은 감동이었다. 세상에 이렇게 맛있는 음식이 존재해도 된단 말인가?

사내는 그 모습을 구경하며 웃었다. 물론, 김남우는 치킨을 받자마자 다시 사내를 투명인간 취급했다. 하지만 그 수법은 오래 갈 수 없었다.

"남우야, 생일이 언제지? 언제 지났나? 생일에 피자는 먹어야 하지 않나? 도미노피자, 미스터피자, 피자헛. 좋지? 아, 맞다! 삼

겹살은 어때? 내가 여기서 구워서 바로 전달해주면 너 잘 받아
먹을 수 있어? 할 수 있을 것 같아?"

"으…"

"회는 먹을 줄 알아? 초장 듬뿍 찍어서 먹는 그 맛, 기억 속에
남아 있지? 초밥은 어때?"

사내는 온갖 음식으로 김남우의 무시를 깨트렸다. 치킨, 피자,
도넛, 라면… 어느 날엔 뜬금없이 구운 랍스터를 가져다준 날도
있었다. 김남우는 졸지에 태어나 처음으로 랍스터를 맛보았다.

김남우는 고작 음식에 함락되는 자신이 싫었지만, 도저히 거
부할 수가 없었다. 언젠가부터는 사내가 오랫동안 특식을 내려
주지 않으면 아쉬워지기까지 했다.

사내 역시 점점 김남우를 조련하는 것에 재미를 붙인 듯했다.
김남우가 뻔뻔했다면 몰라도, 그는 자신이 사육당하고 있단 사
실을 정확히 캐치하고 있었고, 그 굴욕감에 괴로워할 줄 아는 인
간이었다.

사내는 음식뿐만이 아니라 다양한 방법으로 김남우를 조련
했다.

"심심하지? 책 좀 가져다줄까? 그런 환경일수록 교양을 쌓아
야 정신이 무너지지 않는 거야."

"개새끼."

김남우는 사내를 저주했지만, 동시에 놀라기도 했다. 설마, 라
디오를 가져다줄 줄은 몰랐기 때문이다. 라디오는 김남우에게
아주 큰 의지가 되었다. 동굴 속에서 가장 무서운 고독을 라디오

가 달래주었다. 늘 옆에 끼고 살 수밖에 없었고, 건전지가 떨어지기라도 하면 사내에게 구걸하듯 먼저 말을 걸 수밖에 없었다.

라디오 외에도 사내는 많은 걸 내려 주었다. 어느 날엔 성경책을 내려 주더니, 어느 날엔 야한 잡지를 내져 주기도 하고. 심심하면 맞춰보라며 1,000피스 퍼즐을 던져 주기도 했다. 김남우는 그 퍼즐을 맞추다가 마지막 한 조각이 모자라서 한동안 온 동굴을 뒤지며 답답해했었는데, 나중에 위에서 사내가 한 조각을 들고 웃을 땐 정말 그를 죽이고 싶었다. 어느 날은 또 사내가 일기를 써보라며 공책을 주더니, 며칠 뒤 음식과 바꾸자며 다시 거둬가기도 했다. 물론 일기장에는 사내에 대한 욕이 가득했지만, 그것마저도 사내에겐 즐거움인 듯했다.

몇 년간 철저하게 사육당하는 환경 속에서도 김남우는 점점 적응해나갔다. 사내는 김남우를 자극하기 위해서였는지 적당한 타이밍마다 최무정의 소식을 전했다.

"그 친구 대학교 다녀. 청춘이야. 좋겠어. 죄책감도 없나 봐. 연애하느라 신세가 좋던데?"

"…"

"군대에 갔네. 군대에서 몸 건강히 돌아오길 바라야겠지."

"…"

"결혼을 일찍 하더니, 속도위반이었나 봐. 벌써 애를 낳았지 뭐야? 전에 봤던 소설처럼 아이 이름을 혹시 남우라고 지을 줄 알았는데, 아니더라고."

"…"

71

"대기업에 취직했어. 머리가 좋은 친구였나? 하여간에 잘 먹고 잘살겠어, 아주."

"…"

동굴에서 10년이 넘도록 사는 동안 김남우에겐 오직 증오만이 가득했다. 저 사내를 죽이고 싶었고, 그보다 더 최무정을 죽이고 싶었다. 시간이 지날수록 더했다. 증오에 있어 시간은 장작과도 같았다.

드디어 15년이 지났을 때, 사내가 흥분해서 말했다.

"조만간 그 친구를 이곳으로 데려올 거야. 살아 있는 널 보면 어떤 표정을 지을까? 너무 기대 돼!"

김남우는 희열에 떨리는 몸을 숨길 수 없었다. 이 순간을 사내보다 더 기다린 게 자신이었다. 사내는 신이 난 얼굴로 구체적인 계획을 말해주었다.

"그 친구, 아들을 데리고 부모님 댁에 내려왔던데? 아들이 초등학생이더라고. 그 아이를 내가 숨길 거야. 그리고 아이를 찾아 헤매는 그 친구에게 말하는 거지. 웬 아이가 출입 금지 구역을 넘어가는 걸 본 것 같다고 말이야. 그럼 그 친구는 아이를 찾아 산으로 들어올 수밖에 없어. 그러다 보면 하나하나 옛 기억이 떠오르겠지. 혼란스러울 거야. 강렬한 기억이니까. 그러면서 설마 하는 생각이 들 테고, 그 생각이 그 친구의 발걸음을 이곳으로 옮기게 할 거야."

김남우는 수단과 방법은 상관없었다. 최무정을 만난다는 사

증오의 동굴

실만이 중요했다.

사내는 면도기를 포함한 몇 가지 미용 도구를 내려보냈다.

"그 친구가 네 얼굴을 알아볼 수 있도록 깔끔하게 하는 게 좋지 않겠어? 머리도 좀 밀고, 그날 네가 입고 있던 빨간 티셔츠도 내려줄 테니까 갈아입고. 거기 이불이랑 쓸데없는 물건들은 다 구석으로 치워버리고, 제대로 연출해보자고. 응?"

김남우는 기꺼이 협력했다. 만약 최무정이 자신을 한 번에 못 알아본다면 실망할 것 같았다. 제 손으로 밀어 죽였던 나를 못 알아본다면 말이다.

다음 날 점심, 사내가 환하게 웃으며 말했다.

"모든 준비가 끝났어. 곧 올 거야. 15년 전에 네가 쓰러져 있던 자세 기억나?"

김남우는 바닥에 누웠다. 사내가 돌아가고 얼마 뒤, 멀리서 한 남성의 목소리가 들려왔다.

'무열아! 무열아! 무열아, 어딨니!'

김남우의 심장이 미친 듯이 뛰었다. 최무정! 최무정이다! 놈이 오고 있다! 나를 밀어 죽인 그놈이 오고 있다! 목소리가 점점 가까워졌다. 최대로 집중한 김남우의 귓가에 녀석이 내뿜는 거친 숨소리마저 들리는 듯했다. 점점 가까이. 점점 더 가까이…… 순간,

"허헙!"

최무정이 헛숨 삼키는 소리가 들렸다!

김남우는 땅을 짚고 일어나 위를 올려다보았다. 믿을 수 없다

는 얼굴로 내려다보는 최무정과 눈이 마주쳤다.

"무정아."

김남우는 단지 이름만 불렀다. 그것만으로도 최무정의 얼굴은 엉망진창으로 벌벌 떨렸다. 김남우는 차갑게, 15년 동안 간직해온 질문을 했다.

"왜 날 두고 갔어?"

"으아아아아! 으아아아아악!"

정신이 나간 것 같은 최무정이 도망쳤다. 실성한 듯한 그의 비명이 동굴에서 점점 멀어졌다. 홀로 남겨진 김남우의 일그러진 얼굴에, 분노와 억울의 눈물이 흘렀다.

그리고 사내가 고개를 내밀었다. 그는 좋다 못해 황홀한 듯했다.

"봤어? 봤지? 정말 멋진 얼굴이었어. 최고의 리액션이야. 이 순간을 기다린 보람이 있어."

"…"

짜릿함을 즐기던 사내는 김남우의 눈을 마주하며 물었다.

"죽이고 싶지? 복수하고 싶지?"

"…"

"이제 난 널 풀어줄 거야. 그러면 넌 가서 그놈을 죽일 거야? 그게 끝이야? 그것이 네가 받은 고통과 비교될 수 있을까? 만약에 말이야. 진정한 고통을 줄 방법이 있다면 어때?"

사내는 흥분한 얼굴로 웃었다. 김남우가 15년 전에 보았던 그 얼굴이었다. 자신을 녀석과 15년 뒤에 재회시켜주겠다고 했을 때 지었던 그 얼굴. 김남우는 묻지 않을 수 없다.

"진정한 고통이 뭔데?"

"이거야."

사내의 옆으로, 머리가 하나 튀어나왔다. 정신을 잃은 듯한 아이의 얼굴이다. 김남우는 그것이 최무정의 아들이란 걸 알았다.

"…죽이라고?"

"내가 죽일 거야. 그리고…"

사내의 얼굴에 미소가 짙어졌다.

⋮
⋮

"실족사로 간밤에 죽었습니다. 분명 어제까지는 살아 있었던 것 같습니다."

사내의 말을 듣고 있는 최무정의 얼굴이 멍했다. 그가 내려다보는 동굴 밑바닥에 추락한 아들의 시신이 있었다. 사내는 그의 얼굴 옆에서, 악마가 속삭이듯 말했다.

"어제 분명 이쪽을 수색하지 않으셨습니까? 어제 여기서 아들을 보지 못하셨습니까? 혹시 어떤, 환상이라도 보신 겁니까? 도움을 요청하는 아들을 환상과 착각해서 도망가버리신 거 아닙니까? 버리고 가신 것 아닙니까? 예전에 제가 저기서 시신을 하나 수습한 적이 있는데…"

고장 난 듯한 최무정의 얼굴이 좌우로 흔들렸다.

"안 돼… 안 돼, 안 돼, 안 돼, 안돼안돼안돼안돼안돼…"

먼발치에서 그 모습을 확인한 김남우는 다짐했다. 다시는 네 앞에 나타나지 않을 것이다. 그 고통을 평생 가지고 살아라!

증오의 동굴

자살과 타살과 그 사이

남자는 한쪽 다리가 뜯긴 개미처럼 거실을 맴돌고 있다.

"삼공육오일이칠이삼공육오일이칠이삼공육오일이칠이…"

내내 알 수 없는 말을 중얼거리며 걷기만 하던 남자가 갑자기 현관문으로 향했다. 신발장 위의 우비를 꺼낸 남자는 트레이닝 바지와 런닝 위에 그대로 입었다.

'딱. 딱. 딱. 딱.'

우비 단추를 채우자마자 문을 열고 나선 남자는 위층으로 향하는 계단을 올랐다. 그는 '1601호'라 적혀 있는 문 앞에 도착해 벨을 눌렀다. 곧 1601호의 인터폰이 켜지더니, 짜증스러운 말투와 함께 문이 열렸다.

"나 원, 또 올라오셨네. 내가 아니라 옆집이라니까, 정말!"

지겹다는 얼굴로 문을 연 청년은 순간, 충격과 함께 뒤로 밀려났다. 남자의 우비 밑에서 튀어나온 칼이 그의 배를 마구잡이로 쑤셨다.

"어억! 억!"

순식간에 벌어진 사태에 단말마로 쓰러진 청년은, 미친 듯이 쑤셔대는 칼에 저항도 못 하고 피를 토하다 죽었다.

"하아하아하아하아…"

가쁜 숨을 몰아쉬며 자리에서 일어난 남자는 우비를 벗어 던지고, 밖으로 나와 옆집 1602호의 벨을 눌렀다. 잠시 뒤 1602호의 인터폰이 켜지며 여자의 짜증스러운 목소리가 흘러나왔다.

[아 씨, 진짜! 아니라니까요!]

남자가 아무 말도 없이 인터폰을 노려보자, 1602호의 문이 열렸다.

"어휴, 진짜! 이봐요, 아저씨! 저는요."

인상을 찌푸리며 뭔가를 말하려던 여자는 순간, 남자를 보고 눈빛이 흔들렸다. 곧바로 남자의 몸이 문을 비집고 들어서자, 비명을 지른 여자가 거실로 도망쳤다. 그러나 곧장 뒤쫓은 남자가 태클로 그녀를 넘어뜨렸다.

"살려, 살려주세… 악!"

남자의 칼이 빠른 속도로 그녀의 몸을 쑤셨다. 비명을 지르던 여자의 목소리가 점점 잦아들며 끝내 움직임이 멈췄다. 거칠게 숨을 몰아쉬던 남자는 근처 발매트를 집어 들어 얼굴을 대충 닦았다. 1602호 밖으로 나선 남자는 1603호의 벨을 눌렀다.

．
．
．

놀이터에서 혼자 담배를 피우던 교복 차림의 남학생에게 한 사내가 다가섰다.

"최소한 교복은 벗고 피워야 하는 거 아니냐?"

"아~뇨."

학생은 사내를 보지도 않았다. 한 손으로 담배를 한 모금 빨고, 다른 손을 휘휘 내저었다.

"그냥 가세요. 아저씨가 무슨 경찰이에요?"

"어떻게 알았지?"

남자의 손이 학생의 뒤통수를 퍽 갈겼다.

"뭐야, 씨발!"

짜증 내며 돌아본 학생은, 사내의 거친 인상과 마주한 순간 움찔 놀라며 목소리를 줄였다.

"…진짜 경찰이에요?"

"교복은 벗고 피워, 이 새끼야. 그래야 지나가는 아저씨들 덜 쪽팔리지."

웃으며 충고한 남자는 아파트 단지 안으로 향했다. 그 뒷모습을 본 학생의 인상이 찌푸려졌다.

"아이씨, 맞네."

김 형사가 아파트 안으로 들어서자마자 본 풍경은 난리가 났다며 웅성거리는 주민들이었다. 그 너머로 경찰들이 현장을 통제하며 조사중이었는데, 신입 양 형사가 그를 발견하고 달려왔다.

"선배님! 난리 났습니다, 완전!"

"어떻게."

"살인 사건에, 총 네 명 죽었습니다!"

인상을 찌푸린 김 형사가 현장으로 이동하며 양 형사에게 물었다.

"알아본 거 한번 설명해 봐."

"넵!"

양 형사는 수첩을 꺼내어 보며 절도 있게 설명했다.

"살인 용의자 최무정은 1501호에 사는데, 평소에도 층간소음으로 위층과 다툼이 심했다고 합니다. 범행 추정 시각은 오후 1시경, 위층으로 올라간 최무정이 피해자들을 살해한 것으로 보입니다. 사망자는 1601호에 사는 22살 대학생 김동근, 1602호에 사는 29세 직장인 홍혜화, 1603호에 사는 34세 정재준, 그리고 최무정 본인입니다."

"용의자가 죽었다고?"

의문을 표하던 김 형사는 현장에 도착하자 곧 상황을 이해했다. 추락사한 2명의 시신이 보였다.

"용의자가 떨어졌군."

"네. 1603호 정재준과 용의자 최무정이 추락사했습니다."

"같이 떨어진 건?"

"최무정의 지문이 묻은 칼이 근처에서 발견되었습니다."

자살과 타살과 그 사이

김 형사는 시신 근처로 가 앉아서 살폈다. 눈살을 찌푸리며 주변을 둘러보던 그는 조금 떨어진 곳의 담배꽁초를 주워들며 물었다.

"살인 동기가 층간소음이라고?"

"네. 저도 층간소음 때문에 대량살인을 저질렀다는 게 이해가 가진 않지만, 주민들 증언으로는 평소에도 심각했답니다."

양 형사는 설명하며 모여 있는 주민들을 돌아보았고, 자리에서 일어난 김 형사의 시선도 그곳으로 향했다.

"1501호 최무정이 층간소음으로 위층과 거의 매일 싸웠다는데, 한 집이 아니라 세 집과 다 싸웠답니다. 그런데 세 집 다 층간소음의 원인은 자신이 아니라 옆집이라고 잡아떼면서."

"한 층에 집에 3갠가?"

"네. 도시형 아파트인데 몇 개 층 구조가 그렇다고 합니다. 주민들 말로는 최무정이 원래 얌전한 사람이었다는데 층간소음 다툼이 시작되면서 사람이 변했다고…"

대화하는 둘의 귓가에 주민들의 웅성거림이 얼핏 들렸다.

'집값 떨어지는 거 아니에요?'

'경찰이 물어도 층간소음 심하단 말 하지 말아야 한다니까!'

"흠." 김 형사가 고개를 돌리고 양 형사도 뒤따라 돌아섰다.

"선배님, 진짜로 사람 죽은 아파트 집값이 내려갑니까?"

"글쎄다. 요즘 사람들은 호재라고 떨어지는 것 대기할걸?"

혀를 찬 김 형사는 시체로 향했다. 한데 그때, 누군가 경찰들 사이로 뛰쳐 들었다!

"자살입니다! 저 친구는 자살이라고요!"

30대 중반으로 보이는 남성이다. 경찰들이 급하게 그를 제지할 때, 그가 시체를 가리키며 미친 듯이 소리 질렀다.

"저 친구는 자살입니다, 자살! 정재준 저 친구는 살해당한 게 아니라 자살이라고!"

"아니, 저!"

양 형사가 달려가고, 남자를 바라보는 김 형사의 표정에 흥미가 돌았다.

⋮
⋮

아파트 한쪽의 벤치, 김 형사가 남자에게 물었다.

"그러니까, 정재준 씨의 죽음이 자살이란 말씀이시죠?"

"그렇습니다!"

임철준이 격렬하게 고개를 끄덕이며 말했다.

"얼마 전부터 그 친구가 제게 계속 자살하겠다고 말했습니다. 제게 유언도 남겼고, 베란다로 뛰어내릴 거라고 방법도 말했었습니다."

"그렇군요. 그런데 보통 말로만 그러는 경우는 많지 않습니까? 보이는 정황상 살해당한 게 분명해 보이는데요."

"아니라니까요!"

임철준이 답답해할 때, 김 형사가 날카롭게 되물었다.

"꼭 자살이어야만 하는 이유가 있는 거 아닙니까?"

자살과 타살과 그 사이

"그건…"

잠깐 미간을 찌푸리던 임철준은 어두운 얼굴로 입을 열었다.

"그 친구와 저는 보근건설 노조입니다. 1년 6개월 전에 회사에서 부당 해고를 당한 우리들은 하루하루 힘들게 투쟁하고 있습니다. 회사는 저희를 무시하고 저희 목소리를 들어주는 언론도 없습니다. 심지어 이번에 회사에서 저희를 고소까지 했습니다. 분개한 그 친구는 자신을 희생해서 회사를 압박하기로 한 겁니다. 저는 그 친구의 그 대단한 의지를 알고 있으니까 자살이라고 확신하는 겁니다! 절대 살해당한 게 아니라, 자살입니다!"

"흠."

"사실, 그 친구는 이미 기자와 접선까지 했습니다. 모든 걸 계획하고 있던 그 친구가 베란다에서 떨어져 죽었는데, 그게 자살이 아니면 무엇이겠습니까? 안 그렇습니까? 확실하게 조사를 해달란 말입니다!"

김 형사는 일단 고개를 끄덕였다.

"알겠습니다. 감안해서 저희가 잘 살펴보겠습니다. 협조 감사합니다. 다시 연락드리겠습니다."

임철준을 보낸 김 형사는 양 형사를 찾아가 물었다.

"정재준의 시신에 자상이 하나도 없다고?"

"네. 저항의 흔적도 보이질 않습니다. 1603호 같은 베란다에서 뛰어내린 건 맞는 것 같은데…"

"자살의 가능성도 있긴 있다는 말이네."

"가능성이 있긴 하겠지만…"

회의적인 양 형사는 수첩을 넘겨보며 정리해놓은 생각을 말했다.

"현재 추정은 이렇습니다. 1시경 최무정은 위층으로 올라가 1601호의 벨을 눌렀습니다. 문을 열고 나온 김동근을 현관에서 살해한 뒤, 현장에 피가 튄 우비를 벗어놓고 1602호로 이동해 벨을 눌렀습니다. 1602호가 문을 열고 나오자 집 안으로 침입, 도망가는 홍혜화를 거실에서 살해하고 마지막으로 1603호로 이동했습니다. 중요한 건 1603호 징재준이 어떻게 죽었나 하는 것인데, 최무정이 그를 베란다 밖으로 직접 밀었거나 아니면 칼을 들고 쫓아가서 추락할 수밖에 없도록 압박했을 것으로 보입니다. 떨어져 죽은 정재준을 보고 복수를 끝냈다고 판단한 최무정도 베란다 밖으로 몸을 던진 것이 사건의 전말 같습니다."

"음. 1501호 조사했나?"

"아! 네! 지금 하고 있습니다. 최무정은 조현병 치료를 받고 있던 것으로 보입니다. 바로 말씀드린다는 게 참…"

양 형사가 머리를 긁적거릴 때, 멀리서 경찰이 달려왔다.

"양 형사 님! 용의자 일기장 발견됐습니다!"

양 형사가 경찰에게서 일기장을 받아들고 물었다.

"어디서 찾으셨습니까?"

"쓰레기봉투에서 나왔습니다."

고개를 끄덕인 양 형사가 김 형사와 일기장을 공유했다. 내용을 살펴본 둘은 탄식했다.

"철저하게 계획했군요."

일기장 속에는 1601호, 1602호, 1603호에 대한 내용이 빼곡했고, 몇 겹의 동그라미와 밑줄이 불안정하게 여기저기 그어져 있었다.

[1601호. 미필 대학생. 빨간색 나이키 신발. 귀걸이 귀 뚫음. 평일 7시 귀가. 새벽 3시 취침. 층간소음 범인 가능성 70%. 65%? 70%. 스마트폰 게임 좋아함.]

[1602호. 여자. 직업 불명. 주 6~7일 근무. 범인 가능성 매우매우매우매우 높음. 싱글즈 잡지 구독. 구두 굽 높음. 키 작음. 술 자주 먹음. 아이폰. 현관문 비밀번호 3065? 거의 3065.]

[1603호. 서른 이상. 백수? 일용직? 남자. 범인 가능성 4할. 자전거 탐. 자물쇠 비밀번호 1272. 집 번호 100% '1272'. 집에 있는 날이 일정하지 않음. 덩치 큼.]

질린다는 표정의 양 형사에게 김 형사가 말했다.

"용의자가 1603호의 집 비밀번호를 알고 있었다면, 들어갔을 때 이미 피해자가 자살한 뒤였을 수도 있겠군?"

"아, 그렇…네요. 네. 그렇습니다."

"추락한 현장 목격자는 없다고 했지? 소리도?"

"네. 위치가 애매한 사각지대였고, 다른 증언도 없습니다. 첫 발견자는 시신 두 구를 동시에 발견했다고 합니다. 사망 추정 시각은 거의 비슷합니다. 만약 정재준이 자살했다고 해도 거의 비슷한 시기였을 겁니다."

"음."

김 형사는 잠시 생각을 정리해보고 말했다.

"정재준을 죽이러 왔지만 이미 베란다 밖으로 몸을 던져 자살한 것을 알게 된 용의자가 자신도 몸을 던져서 일을 마무리했다?"

"아, 그렇게 됩니까? 아, 그럼 정재준의 몸에 다툰 흔적이 없는 것이, 당일 둘이 만난 적이 없기 때문일까요?"

"글쎄다. 현장에 올라가서 좀 더 보자."

김 형사와 양 형사가 아파트로 향하려던 그 순간, 또다시 소란이 일어났다.

"우리 아들이 왜 자살이야!"

"이건 또 뭐야!" 달려가는 양 형사의 얼굴이 일그러졌다.

노인은 네가 여기 대표냐는 듯, 양 형사에게 달려들었다.

"우리 아들이 왜 자살이야! 어? 절대 자살할 녀석이 아니야!"

강퍅하게 생긴 노인은 양 형사의 멱살이라도 잡을 태세였다. 양 형사는 얼른 양손을 내저었다.

"아뇨, 자살이라고 나온 게 아니라요. 그럴 가능성도 있단…"

"가능성은 개뿔! 그 미친 살인범 새끼가 우리 아들 죽인 거지! 경찰이 잡았으면 우리 아들 안 죽었어!"

"아니, 저희가 사건이 일어나기도 전에 잡을 수는!"

"니들 때문에 우리 아들 살해당했다고! 개 같은 경찰들!"

양 형사가 대화가 안 통하는 상대에게 절절매는 동안, 김 형사는 자연스럽게 아파트 안으로 향했다. 도움을 요청하는 양 형사의 눈빛을 모르는 척하며.

자살과 타살과 그 사이

"벨을 누르고…"

1601호의 벨 앞에 정자세로 선 김 형사는 범인이 된 것처럼 재현을 시작했다. 문을 열자마자 피해자를 빠르게 찌르며 넘어뜨린다.

"층간소음은 그렇게 심한데, 옆집에서 비명을 못 들었을까?"

자리에서 일어난 김 형사는 미간을 찌푸리며 핸드폰의 음악을 틀었다. 신발장 위에 핸드폰을 둔 그는 문을 닫고 나와 1602호로 들어가 귀를 기울여보았다.

"잘 들리네."

김 형사는 거실 쪽으로 향하며 범인의 움직임을 상상했다. 거실까지의 시간이 있었고, 등부터 찔렸기에 빠르게 죽지도 않았을 것이다. 이 정도 방음의 건물에서 여성의 고음이 옆방에 안 들릴 리가 없다. 1602호는 몰라도, 1603호는 최소한 이상함을 느낄 시간이 있다.

1602호를 나선 김 형사는 1603호 문 앞에 섰다. 벨 버튼의 핏자국을 바라보던 그는 손잡이와 번호키에도 피가 묻은 걸 확인한 뒤 집안으로 들어섰다. 바로 정면으로 열려 있는 베란다가 보였다. 똑바로 걸어간 그는 베란다 난간의 핏자국을 확인한 뒤 바깥을 내려다보았다. 추락 현장이 정확히 눈에 들어왔다.

"흠."

뒤돌아 방의 전경을 둘러보는 김 형사의 고개가 갸웃했다.

．
．
．

　점심시간의 경찰서, 김 형사가 오랜만에 자신의 책상을 정리하고 있다. 얼마나 오래된지 모를 녹차 티백에 인상을 찌푸리던 그때, 양 형사가 다가왔다.

　"선배님. 효영아파트 살인사건 말입니다. 보험회사에서 조사 나왔답니다."

　"누구? 징재준?"

　"네. 어떻게 아셨습니까?"

　"직감이지."

　양 형사는 김 형사의 옆자리에 앉아 찌푸린 얼굴로 상황을 설명했다.

　"정재준이 보험이 하나 있는데, 이게 자살인가 아닌가에 따라 보험금이 달라진다고 합니다. 자살은 거의 없답니다. 당연히 수령인은 그 아버지고요."

　"쯧."

　"알아보니까 그 양반이 완전 정재준을 거머리처럼 빨아먹던 양반이랍니다. 쌍욕이 오갈 정도로 사이가 아주 안 좋았답니다. 그래 놓고 뭐 지금은 자기 목숨보다 소중한 아들을 잃은 양 하지만."

　"목숨보다 소중한 아들이 아니라 소중한 돈줄이었다?"

　"네? 네. 그렇습니다."

　양 형사는 노인을 떠올리는 듯 싫은 표정을 숨기지 않았다.

　　　　　　　　　　　　자살과 타살과 그 사이

"아마 지금 아들 장례보다 보험금이 더 중요할 겁니다. 그런데 그 양반이 내놓은 근거가 있습니다. 며칠 뒤가 아내의 기일인데, 정재준이 매년 어머니의 기일을 챙겼다고 합니다. 이번에도 기차표를 끊었을 거라며 알아보라더군요. 자살할 사람이면 그랬겠냐고 말입니다. 알아보니, 실제로 정재준이 기차표를 끊은 사실이 확인됐습니다."

"흠. 일리가 있네."

"저도 솔직히 자살은 아니란 생각이 듭니다. 너무 공교롭지 않습니까? 같은 층의 두 집에서 살인이 일어날 때 하필 자살이라는 건 좀…"

"마음에 걸리는 건 말이야."

김 형사가 말하려던 그때, 그의 핸드폰이 울렸다. 임철준에게서 온 문자였다. 인터넷 기사의 링크와 함께 불만스러운 내용이 적혀 있었다.

[형사님! 이 뉴스 보셨습니까? 경찰에서 이 정보를 공식 제공하신 겁니까? 이러시면 안 되지요!]

김 형사가 링크를 누르자, 효영아파트 살인사건에 대한 기사가 떴다. 살인범 최 모 씨와 피해자 김 모 씨, 홍 모 씨, 정 모 씨가 나와 있었다. 정재준의 자살 가능성에 대한 언급이 없이 3명 살인사건으로 확정한 내용이었다.

문자를 들여다보던 김 형사는 양 형사에게 물었다.

"이 양반 알아봤나?"

"아! 네, 죄송합니다. 그걸 드린다는 게…"

양 형사는 머리를 긁적이며 서류첩을 건넸다. 내용을 확인하던 김 형사가 물었다.

"이 양반이 1503호에 산다고?"

"네. 그 아파트에 노조원들이 꽤 많이 사는 편이라고 합니다."

"그래? 다른 직원들도? 이 양반 노조에서 지위가 제법 동원력이 있다고 했었지?"

김 형사는 손가락으로 서류첩을 두드리며 생각에 잠겼다. 양 형사가 그의 상념을 깨우며 말했다.

"아참, 피해자 정재준의 아버지도 같은 아파트입니다. 정확히 말하자면, 내연녀가 말입니다."

$$\vdots$$

효영아파트 내부로 진입하던 김 형사가 갑자기 멈춰 섰다. 그의 고개가 향한 곳, 놀이터에서 누군가 담배를 피우고 있다. 그때 그 학생이다. 이쪽을 돌아본 학생은 김 형사와 눈이 마주치자 화들짝 놀라며 일어났다. 학생이 평상복 차림인 걸 본 김 형사는 웃으며 가던 길을 걸었다. 그때, 학생이 달려왔다.

"저기요! 잠깐만요. 아저씨! 혹시 아저씨 형사예요?"

"아니, 어떻게 알았지?"

김 형사가 웃으며 대답하자, 학생이 조심스럽게 물었다.

"그럼 그게 다 진짜예요? 15층 아저씨가 16층 사람들 다 죽인 거요."

자살과 타살과 그 사이

"글쎄다. 그건 왜?"

우물쭈물하던 학생은 심각하게 목소리를 깔았다.

"제 말을 믿으실지 모르겠지만요. 제가 전에 이상한 걸 봤거든요? 이게 관련이 있는 건지는 모르겠는데…"

학생의 이야기를 듣던 김 형사의 표정이 진지해졌다.

⋮
⋮

"무조건 자살입니다."

임철준은 단호하게 말했다. 카페에 김 형사가 도착하자마자 가장 먼저 한 말이었다. 그의 앞에 마주한 김 형사가 담담하게 되물었다.

"어째서 그렇게 확신하십니까?"

"진짜 자살이기 때문입니다."

"글쎄요. 우리 경찰은 그렇게 생각하지 않습니다."

"안 됩니다!"

"왜 안 됩니까? 그의 죽음이 자살이어야만 하는 이유가 있습니까?"

"그건…"

망설이는 임철준을 보며, 김 형사가 눈을 빛내며 빠르게 물었다.

"그가 자살이어야만 노조에서 회사에 강경 대응할 수 있는 겁니까? 그 여론으로 회사의 소송을 중단시켜야만 합니까? 그가 자살이 아니라면, 회사에서 소송을 중단하지 않는다면 혹시, 엄청난 비용을 물으셔야 합니까?"

"아, 아닙니다!"

임철준의 반응이 정곡을 찔린 듯했다. 당장 아니라고 말했지만, 더 이어질 말이 없다. 그는 입술을 깨물며 고민하다가 작게 한숨을 내쉬었다.

"아니요, 네 맞습니다. 그 친구는 자살이어야만 합니다. 저뿐만이 아니라 노조원 모두를 위해서요."

"그렇지만 자살이 아닌데 자살이라고 해드릴 순 없습니다."

"정말로 자살이 맞습니다!"

"글쎄요."

미적지근한 김 형사의 반응에, 임철준이 굳은 얼굴로 말했다.

"확실한 증거가 있습니다."

"뭐죠?"

"그게 뭐냐면…"

잠깐 갈등하던 임철준은 테이블 위에 스마트폰을 내려놓고 동영상 하나를 재생시켰다. 피해자 정재준이 집 안에서 찍은 셀프 동영상이었다. 영상 속의 그는 결의에 찬 외침을 시작했다.

[나 정재준은 보근기업의 부당함을 알리기 위해 투신합니다! 지난 17년도 2월, 보근기업은 현장 노동자 83인을 부당 해고했습니다! 그 해고가 부당한 이유는 이렇습니다! 하나! 보근기업은…]

카메라 앞에서 준비한 대사를 다 읽은 정재준은 베란다를 향해 걸어갔다. 조심스럽게 난간 바깥으로 선 그는 카메라를 향해 돌아섰다. 바로 뛰어내리지 못하고 덜덜 떨면서 갈등하던 그는, 카메라를 정면으로 바라보며 마지막 구호를 외치고 뛰어내렸다.

[보근기업은 현장 노동자 83인의 부당 해고를 철회하라!]

그의 추락과 함께 영상이 끝나자, 임철준이 바로 물었다.

"이제 믿으시겠습니까?"

"그렇…군요. 근데 동영상 제목이 기획 자살이라니 좀 노골적이군요. 이미 죽은 사람이니 대놓고 이용하겠단 겁니까?"

"아, 그건! 물론 정재준의 죽음을 몹시 안타까워하긴 하지만, 그 제목은 그의 죽음을 헛되이 하지 않겠단 의지를 나타내는, 그…"

당황하는 임철준의 말을 끊으며 김 형사가 물었다.

"알겠습니다. 그런데 저희가 1603호 현장을 조사하러 갔을 땐 카메라가 없었는데 말입니다. 이런 초고화질로 촬영할 만한 카메라는 말입니다."

"아, 그건 사실…"

눈치를 보던 임철준은 고개 숙여 사과했다.

"죄송합니다. 제가 먼저 빼돌렸습니다."

"현장에 먼저 들어갔단 말입니까?"

"네. 저는 아파트에 추락 사건이 일어났단 소리를 듣자마자 그 친구의 자살인 걸 알았습니다. 그렇다면 분명 유서가 있을 거란 생각에 갔다가…"

"흠. 그러면 안 되는데 말입니다."

"정말 죄송합니다."

"그럼 왜 진작 공개하지 않았습니까?"

"아, 그건…"

우물쭈물하는 임철준을 가만히 살피던 김 형사의 눈이 날카롭게 빛났다.

"몰래 회사와 거래할 생각이었군요. 노조가 아닌, 임철준 씨 개인적으로 말입니다."

"…"

임철준은 시선을 피하며 아무 말도 하지 못했다.

"그런데 하필 운이 없게도 층간소음 살인과 겹치고 말았군요. 정재준의 죽음이 이대로 살인으로 처리된다면, 회사에서 과연 거래에 나설지가 미지수였겠죠. 동영상의 진위가 공격당하기도 쉬워질 테고. 그래서 무조건 정재준의 죽음은 자살이어야 한다고 주장하신 것, 맞습니까?"

임철준은 침묵으로 인정하는 듯했다. 가만히 그의 표정을 살피던 김 형사가 물었다.

"그 동영상 경찰에 제출하실 겁니까? 당연히 그래야 할 것 같은데 말입니다."

"아… 그건."

"만약 제출하신다면 정재준의 죽음은 자살로 처리하는 데 도움이 될 겁니다. 경찰 공인 자살로 말입니다."

임철준의 얼굴에 순간적으로 갈등의 빛이 떠올랐다. 김 형사는 가려운 곳을 긁어주듯이 속삭였다.

자살과 타살과 그 사이

"그 동영상이 바깥에 공개될 일은 없을 겁니다. 임철준 씨가 사용하기 전에는 말입니다."

"으음."

임철준의 고개가 천천히 끄덕였다.

"어떻게든 보증만 해주신다면…"

:
:

경찰서 증거분석실. 양 형사는 김 형사가 보여준 동영상을 보며 깜짝 놀랐다.

"이럴 수가… 정재준은 정말 자살이었군요."

설마 진짜 자살이었을 줄이야? 층간소음 살인이 일어난 그 시각에 자살이 일어난 우연이라니, 서프라이즈에 나와도 될 만한 이야기다.

[나 정재준은 보근기업의…]

김 형사는 동영상을 다시 틀며 혼잣말하듯 말했다.

"그런데 최무정이 이해가 안 간단 말이야."

"네?"

"그날 1602호에서 홍혜화를 살해한 최무정은 1603호의 벨을 눌렀어. 안에서 반응이 없자, 미리 알고 있던 비밀번호를 누르고 침입했지."

김 형사는 허공으로 문을 여는 척 최무정을 연기했다.

"그런데 안에 있어야 할 복수의 대상 정재준은 이미 베란다에

95

서 자살하고 없는 상태야. 허탈해진 최무정은 같은 방식으로 목숨을 끊었어. 이게 전말이라는 건데, 이상하지?"

"어떤…"

양 형사가 전혀 모르겠단 얼굴로 묻자, 김 형사가 고개를 좌우로 허공을 둘러보기 시작했다.

"잘 봐. 내가 죽이고 싶은 사람의 집에 문을 따고 들어왔어. 베란다가 열려 있고, 거실에 아무도 보이지 않아. 가장 먼저 할 행동이 뭐지? 찾는 거잖아. 이 집 어디에 숨어 있을지 어떨지 찾아야지. 바로 옆방에서 들린 홍혜화의 비명을 들었다면, 숨었을 거라고 생각할 거 아니야?"

"아!"

"그런데 집의 흔적을 보면 전혀 뒤지지 않았어. 최무정은 거의 그대로 베란다로 직진했어. 네가 최무정이라면, 베란다 밖으로 아래를 내려다보았을까?"

양 형사의 두 눈이 흔들렸다. 김 형사는 고개를 숙이며 말했다.

"방 안을 다 뒤지지도 않은 상태에서 베란다 밖으로 16층 아래 땅을 바라본다는 건… 우연이라기엔 확률이 너무하지 않나?"

"그, 그럼 어떻게 된 거죠?"

"글쎄. 최무정이 열린 베란다 문을 보고 정재준이 그곳을 도망치려 했다고 생각했을 수도 있지. 잘 납득이 가진 않지만."

김 형사는 동영상을 다시 틀었다. 화면에 집중하던 그는, 베란다 바깥에 서서 뛰어내리기 직전의 정재준을 보며 말했다.

자살과 타살과 그 사이

"이상한 거 못 느끼겠어?"

"네?"

김 형사는 구간을 되돌려 반복 재생했다.

"베란다의 정재준 말이야. 이상하게 아래를 계속 내려본다는 생각 안 들어?"

"아, 그러고 보니…"

"그렇지?"

영상을 노려보는 김 형사의 눈빛이 날카롭게 가라앉았다.

⋮
⋮

취조실, 김 형사와 마주한 임철준의 표정이 불안하다.

"갑자기 왜 저를…"

"그 아파트에 아주 불량한 학생이 한 명 삽니다."

"네?"

뜬금없는 이야기로 입을 연 김 형사는 임철준에게 담배를 내밀어 권했다.

"아뇨, 괜찮습니다."

임철준이 고개를 젓자, 김 형사가 담배를 거두며 작게 혼잣말했다.

"피우시는 게 좋을 것 같은데."

"네? 뭐라고요?"

김 형사는 손가락으로 담뱃갑을 두드리며 하던 이야기를 계속했다.

"학교도 매번 땡땡이치는 것 같고, 놀이터 구석에서 담배나 피우는 불량한 학생인데 말입니다. 그 학생이 사건이 일어나기 전날에 이상한 걸 봤다고 하더군요. 그게 뭔 줄 아십니까?"

"뭡니까?"

"매트리스입니다."

"뭣!"

임철준의 두 눈이 사정없이 흔들렸다!

"오전에 학교를 땡땡이치고 아파트 구석에서 담배를 태우고 있는데, 글쎄 저 높은 아파트 베란다 밖으로 매트리스가 튀어나와 있다지 뭡니까? 난간에 너무 기대어 놓은 모습이 불안했다더 군요. 저러다 넘어가서 떨어지면 어떡하나 하고요."

"…"

임철준의 얼굴이 새파랗게 질렸다. 김 형사가 날카롭게 물었다.

"보내주신 동영상 말입니다. 그걸 촬영한 날짜가 과연 살인사건 당일이었을까요?"

"그…"

"1503호에 사시죠? 정재준 씨의 바로 아랫집이요."

임철준의 온몸이 덜덜 떨렸다. 김 형사는 담담하게 말했다.

"제 생각은 이렇습니다. 정재준 씨는 어쩌면, 처음부터 진심으로 자살할 생각이 아니었던 게 아닐까? 누군가와 짜고 기획 자살을 연출한 게 아닐까? 가짜 자살 동영상을 찍고 잠적한 다

자살과 타살과 그 사이

음, 회사에서 소송을 취하한 뒤에 나타날 생각으로 말입니다."

"…"

"동영상 속 정재준 씨는 유난히 아래쪽을 살피고 있습니다. 그게 자신이 떨어질 땅을 본 게 아니라, 아래층 베란다 밖으로 튀어나온 매트리스를 살핀 거였다면 어떨까요? 누군가 단단하게 고정 중인 매트리스를 말입니다. 그렇다면 그가 떨어진 곳은 땅바닥이 아닌 1503호일지도 모르죠."

"아, 아니, 아니…"

"동영상을 보면 그는 유난히 조심스럽게 뛰어내리고 있습니다. 처음 볼 때는 당연히 무서워서인 줄 알았는데, 사실은 안전을 위해서였군요. 안 그렇습니까?"

"아, 아니야! 무슨 말도 안 되는 소리!"

임철준은 격렬하게 부정했다. 김 형사가 가라앉은 눈으로 그를 가만히 지켜보았다. 그 틈에 옆에 서 있던 양 형사가 탄식하며 입을 열었다.

"이제야 이해가 갑니다. 그럼 정재준은 아직 살아 있었고, 그날 최무정을 만나 살해당한 것이 맞았군요."

"으…"

"최무정이 정재준의 집에 침입했을 때 다른 곳을 뒤지지 않고 베란다로 직진한 이유가 그거였군요. 문을 열자마자 바로 정재준이 보였기 때문에! 피범벅인 최무정을 본 정재준은 무의식적으로 베란다로 도망쳤지만 매트리스가 있을 리가 없고, 결국 다가오는 최무정에게 몰려 바깥으로 추락사한 거군요."

양 형사는 명쾌하게 머리가 맑아진 표정으로 감탄했다. 한데, 김 형사가 고개를 흔들었다.

"글쎄다."

"네?"

김 형사는 임철준의 눈을 똑바로 바라보며 양 형사에게 말했다.

"만약에 말이야. 살인이 일어나던 그날, 16층에 있던 사람이 네 명이 아니었다면 어때?"

"네?"

"16층에 있던 사람이 네 명이 아니라, 다섯 명이었다면 말이야. 정재준을 죽인 게 최무정이 아니라…"

임철준의 얼굴이 딱딱하게 굳었다.

"당신이라면?"

"…"

양 형사의 두 눈이 휘둥그레졌다. 김남우는 임철준을 노려보며 생각을 들여다보듯 말했다.

"가짜 자살로 과연 회사와 거래할 수 있을까? 시체도 없이 대기업을 속이겠다고? 어려울 거야. 쉬운 방법은 진짜 시체가 나오면 돼. 정재준이 진짜로 추락해서 죽는 것 말이야."

"…"

"최무정이 1601호와 1602호에서 살인을 저지르고 있을 때, 당신도 정재준을 베란다에서 밀었어. 얼른 현장을 빠져나가려던 당신은 그때, 옆방에서 들려온 홍혜화의 비명을 듣게 된 거

자살과 타살과 그 사이

야. 당황했지. 밖으로 나갈 수가 없었어. 누군가와 마주치기라도 하면 끝장이니까. 그런데 뒤이어 벨 소리가 들렸을 땐 더 놀랐을 거야. 심지어 비밀번호를 누르는 소리까지 들렸을 때는 온몸이 굳었겠지."

"…"

"서, 설마?" 양 형사의 음성이 떨렸다.

"당신은 만난 거야. 살인마 최무정과 그날 마주쳤던 거라고."

"미친!"

"피범벅의 최무정은 당신에게 물었겠지. 자신이 복수해야 할 대상, 정재준이 어디 있냐고. 당신은 덜덜 떨면서도 대답했어. 베란다 밖으로 떨어졌다고. 그래서 최무정은 베란다까지 직선으로 이동했고, 아래를 확인한 거야. 죽여야 할 정재준이 이미 죽었단 걸 확인한 그는 자신도 몸을 던졌고, 그것은 당신에게 천만다행이었어. 어때?"

굳어 있던 임철준이 고개를 천천히 젓다가, 빠르게 흔들었다!

"아니, 아니야… 아니야… 아니야! 다 개소리야! 증거도 없어! 증거 없는 개소리라고!"

김 형사는 테이블 위 노트북 화면을 그에게로 돌렸다. 영상 속 베란다에 선 정재준의 상반신이 확대되어 있었다. 임철준이 뭔지 몰라 불안하게 바라볼 때, 김 형사가 사진 한 장을 테이블 위에 내려놓았다.

"추락한 정재준의 시신에는 팔에 긁힌 상처가 있습니다. 추락하면서 생긴 상처일까요? 아니요. 조사 결과 하루 전날 생긴 상처로 밝혀졌습니다. 그런데 어떻게 된 일인지, 이 동영상 속에는 팔에 이 상처가 보이질 않습니다. 혹시 이 상처는 사건 전날 1503호 베란다로 기획 자살을 실행할 때 생긴 상처가 아닐까요? 그렇다면 매트리스나 어딘가에 혈흔이 남아 있을 확률도 있겠군요. 안 그렇습니까?"

임철준은 할 말을 잃었다. 작은 생채기 하나가 정재준의 사망 날짜를 바꿔버렸다.

김 형사는 처음에 권했던 담배를 다시 내밀었다. 임철준은 이번엔 거절하지 않았다. 불을 붙여준 김 형사는, 그가 한 모금 내뱉으며 진정하는 걸 기다린 다음 물었다.

"인정하십니까?"

"…인정합니다."

순순히 고개를 끄덕이던 임철준은 순간, 눈을 부라리며 뒷말을 붙였다.

"그 친구와 같이 가짜 자살을 조작하기는 했습니다. 하지만 그 친구를 베란다에서 민 적은 없습니다."

"흠." 김 형사의 미간이 찌푸려졌다.

"그러니까, 층간 살인이 일어나던 때에 16층에 간 적이 없단 말입니까? 최무정을 만난 적이 없다?"

"그렇습니다. 모르는 사람입니다."

임철준은 뻔뻔한 태도로 담배를 흡입했다. 가만히 그를 노려보던 김 형사가 손을 뻗어 그의 담배를 빼앗아 비벼 꺼버렸다. 그래도 임철준은 눈 하나 깜짝하지 않았다. 한데, 김 형사가 비벼끝 담배를 들어 올리며 말했다.

"그날 전 정재준 씨와 최무정이 추락한 현장에서 담배꽁초 하나를 주웠습니다. 검사해보니 최무정의 타액이 검출되었습니다. 이해합니다. 대량살인을 저지르면서 당연히 긴장되겠죠."

"…"

"그런데, 최무정의 주머니에서는 담배가 나오지 않았습니다. 16층 현장에서도 말입니다. 그럼 15층에서부터 담배를 물고 올라가서 하나하나 살인을 저질렀을까? 아닐 것 같습니다."

임철준의 얼굴이 새하얗게 질렸다.

"그날 16층에는 또 다른 살인을 저지르며 긴장한 한 사내가 있었습니다. 초조하게 담배를 태우던 그는 최무정과 마주하게 되었습니다. 최무정은 정재준의 소재를 묻는 것과 동시에 그가 물고 있던 담배를 요구했습니다. 피투성이의 살인마 앞에서 목숨을 구하는 것만도 감지덕지했던 그는 얼른 담배를 내주었을 겁니다."

"아으…으…"

"제가 주운 그 담배꽁초에서 최무정 말고 또 다른 한 사람의 타액이 검출되었습니다. 그게 누굴지, 이제부터 검사해보면 될 것 같군요."

김 형사는 손에 든 담배꽁초를 양 형사에게 내밀었다. 임철준의 온몸에 힘이 빠졌다.

.
.
.

"선배님, 정말 존경합니다."

김 형사의 자리에 커피를 배달한 양 형사의 진심이었다.

"알아." 고개를 끄덕인 김 형사는 최무정의 일기장을 보고 있었다.

"뭘 그렇게 보십니까?"

"이, 층간 실인 전날의 일기. 이 부분 말이야."

김 형사는 마지막 장을 손가락으로 가리켰다.

[아침부터 또다시 층간소음이다. 한계다. 이제 더는 못 참는다. 죽이자. 다 죽일 수밖에 없다.]

"이거 혹시, 위층이 아니라 1503호에서 들린 소리 아닐까? 정재준이 가짜 자살을 위해 15층 베란다로 떨어질 때 난 소리 말이야."

"아!"

"16층의 셋 다 층간소음의 원인은 자신이 아니라고 했잖아. 어쩌면, 최무정을 괴롭힌 층간소음의 정체가 같은 층의 임철준이었을 수도 있었겠다 싶어서 말이야. 그렇게 되면 최무정의 분노는 잘못된 방향으로 터진 거겠지."

"설마 그게 정말이라면…"

"비극이지. 층간소음이 만든 최무정이란 괴물도, 괴물을 만든 게 피해자가 아닌 또다른 괴물일 뿐이라는 것도."

　　　　　　　　　　　자살과 타살과 그 사이

4차산업혁명과 마케팅

산장으로 향하는 길이 눈밭이다.

발로 돌바닥을 확인해가며 걷던 민용은, 자신이 35년간 살면서 눈밭에 발자국을 남긴 기억이 별로 없단 걸 깨달았다. 그리고 저 산장에 있을 자신의 친구가 최소 이틀간은 외출한 적이 없다는 사실도.

작은 산장의 문 앞까지 도달한 민용은 혀를 찼다. 통나무로 만든 집이라니. 21세기 감성이 유행한다지만, 이건 아닌 것 같았다. 그는 벨을 찾으려고 들어 올렸던 손으로 그대로 문을 두드렸다.

"동근아! 나 왔다! 동근아!"

곧, 산장의 문이 열리며 나온 동근이 반갑게 웃었다.

"민용아! 진짜 여기까지 웬일이야, 이 먼 곳까지. 어서 들어와."

양복 위로 고급스러운 코트를 챙겨 입은 민용과는 달리, 동근은 늘어진 츄리닝에다가 안 감은 게 분명한 머리를 하고 있었다. 산장 안으로 들어선 민용은 먼저 주변을 두리번거렸다. 예상보다 깔끔한 원룸에는 있을 건 다 있어 보였다. 벽 스크린, 홀로그램 벽난로, 무소음 침대, 올인원 싱크대까지.

"그래도 자연주의자들한테 물들어서 자연인 생활한답시고 틀어박힌 건 아니었군."

민용은 코트를 벗고 벽난로 앞 소파로 가 털썩 앉았다.

"커피 괜찮지?" 동근이 싱크대로 향하며 물었고, 민용의 시선이 뒤따랐다. 싱크대 앞에서 스틱 커피를 흔드는 동근을 본 민용의 미간이 찌푸려졌다.

"뭐야? 어디 커피야? 맥심 아닌 것 같은데?"

"아, 푸스마 커피."

"뭐? 무슨 듣도 보도 못한 메이커야? 커피는 맥심이지!"

"내가 요즘 보는 웹툰에서 주인공이 자주 먹던 커피야."

민용은 혀를 차며 고개를 흔들었다.

"마케팅 수법에 당했구만."

"하하. 그런가?"

동근은 금세 커피 컵 2개를 들고 와 민용의 근처 소파에 앉았다. 커피잔을 받아 입으로 가져간 민용은 미각에 집중했다. 생각보다는 나쁘지 않지만, 미리 준비한 말이 튀어나왔다.

"이것 봐. 역시 커피는 맥심이라니까."

"어차피 그게 그거야."

"미각이 고장 났구만. 쯧."

민용은 다시 한 모금 마셨다가 눈살을 찌푸리며 잔을 앞에 내려놓았다. 잘린 통나무처럼 보이던 탁자는 커피잔이 내려앉자마자 온도 유지 장치를 자동으로 가동했다. 그 모습이 의외였던 민용이 물었다.

"음? 디지털이네? 이케아냐?"

"아니. 치케아."

"치케아? 그건 뭐, 이케아 짝퉁이냐?"

"글쎄. 근데 디자인 예쁘지? 최근에 인상 깊게 본 독립영화 주인공이 이 탁자 밟고 자살했어. 멋지지 않아?"

"으이구. 아주 마케팅이란 마케팅에는 다 당하고 사는구나. 가구는 이케아지! 무슨 짝퉁을 사가지고. 이거 분명 얼마 안 가 고장 난다."

"이케아나 치케아나, 그래 봤자 탁자인데 부서지지만 않으면 되지. 하하."

"어휴."

민용은 동근의 모습이 한심했다. 그렇게 똑똑하던 친구가 왜 저렇게 허당이 됐을까? 고개를 흔든 민용은 가볍게 기지개를 켠 뒤 화제를 전환했다. 바쁜 자신이 이곳에 들른 목적을 꺼낼 차례였다.

"그래서 넌 인마, 잘나가는 직장은 왜 때려치우고 이런 데 처박혀 있는 거냐? 뭐 어떻게 살려고 그러는 거냐, 도대체?"

"하하. 잘나가긴 뭐가 잘나가. 잘나가는 건 대기업 다니는 우리 민용 과장님이 잘나가시지."

동근이 웃었지만, 민용은 정색했다. 학창 시절부터 저런 태도가 마음에 들지 않았다.

"농담하지 말고. 우리 회사 따위가 정부 직속 생명공학 연구소에 비교가 되냐? 거기 들어가고 싶어서 안달 난 양반들이 얼마나 많은데, 도대체 거길 왜 때려치운 거냐?"

"그 안달 난 양반들을 위해서 양보했어."

"어휴, 미친놈."

답답한 얼굴로 동근을 보던 민용이 더 말하려던 순간, 그의 주머니 속 핸드폰이 울렸다. 발신을 확인한 민용은 바로 전화를 받았다.

"어, 엄마. 왜?"

[아들~ 집에 세탁기 고장 나서 사야 한다고 했잖아. 그거 어디 거사면 되는 거지?]

"뭐? 아직도 주문 안 했어? 백색가전은 당연히 LG잖아. LG 거 아무거나 사."

[그래, 역시 백색가전은 LG지? 알았어~]

민용이 통화를 끝내자마자 동근이 물었다.

"어머니는 잘 계시고?"

"우리 엄마야 건강한 게 최고 장점이지."

"그래. 그건 좋네."

민용은 핸드폰을 주머니에 넣자마자 잔소리를 다시 시작했다.

"지금 남들은 직장이 없어서 안달인데, 멀쩡한 직장 그만두고 뭐 하려고 그러냐?"

동근은 태평하게 어깨를 으쓱했다.

"뭐 하긴? 남들처럼 놀아야지. 기본소득이 있잖아. 이번에 또 오른다면서?"

기본소득이란 단어에 민용의 얼굴이 순간적으로 팍 찌푸려졌다.

"빌어먹을, 그게 문제라니까 기본소득! 국가에서 돈을 너무 많이 퍼주니까 사람들이 일을 안 하려고 하는 거 아니냐!"

"일자리가 없는데 당연히 많이 퍼줘야지. 4차산업혁명 이후로 인류의 직업 자체가 사라졌는데 어떡해? 모든 제품은 기계들이 알아서 만들지, 자원도 알아서 채취하지, 물류도, 농사도, 어업도, 막말로 소설까지 인공지능이 만드는 시대에 인간이 뭘 하겠어?"

민용의 인상이 찌푸려졌다. 저학력 백수들이나 하는 평계를 엘리트인 동근의 입에서 듣게 될 줄이야?

"그래도 모든 직업이 사라진 건 아니라고. 의지와 노력만 있으면 할 수 있는 직업이 아직 많다. 근데 정부에서 기본소득을 한 달에 이백씩이나 주는데, 누가 일을 하려고 하겠냐? 거기다가 뭐, 여기서 기본소득을 더 늘리겠다고? 이 정신머리 없는 놈들!"

"절대다수의 유권자가 백수인데 정치인들이 어쩌겠어? 결국 표심 따라가는 거지."

"그래서 사람들이 점점 게을러지는 거 아니야! 요즘 사람들이

게으른 게 다 기본소득 때문이라니까."

"게으르다가 아니라 행복하다로 바꾸면 어떨까? 일 안 해도 먹고 살 수 있다니, 얼마나 좋은 세상이야?"

"노동의 신성함에 침 뱉는 소리 하네!"

발끈한 민용의 외침에 동근의 미간이 좁아졌다. 노동은 신성하다? 과연 요즘 시대에도 그 말이 통용될까? 몇 십 년을 노력한 인간보다 방금 만들어진 기계가 더 장인인 시대다. 오히려 인간은 가만히 있는 게 도와주는 거란 말을 듣는 시대에, 거기서 무슨 신성함을 찾을 수 있을까.

"노동이 왜 신성한데?"

"뭐?"

민용은 어이없는 얼굴로 동근을 보았다. 몰라서 묻는 걸까, 알면서도 묻는 걸까.

"노동이 왜 신성하냐니? 노동은 그 무엇보다 정직하고, 발전적이고, 또 자기 정체성 확립에도 결정적인 역할을 하지. 노동의 가치는 말로 떠들 필요도 없다."

동근은 어깨를 으쓱했다.

"너무 올드한 생각 아닌가. 사람이 아무리 노력해도 기계의 발끝도 못 따라가는데, 거기서 무슨 정체성을 확립하고 무슨 성취감을 얻겠어. 그럴 거면 차라리 운동을 하지. 자기만족만으로 노동에 의미를 부여하긴 너무 힘들어. 그렇다면, 정직? 열심히 일한 만큼 정직한 보상이 쌓인다는 것을 가지고? 그것도 사실은 자본의 논리지. 노동이 창출한 가치 대부분은 실제 노동자가 아

4차산업혁명과 마케팅

닌 자본가에게 돌아가잖아. 안 그래? 현대의 노동은 충분히 기계에게 양보해도 될 만하다고 봐."

민용은 그 말을 인정할 수 없고 못마땅했지만, 반박할 논리가 바로 떠오르지 않았다. 그러나 동근에게 질 순 없었다.

"기계는 인간의 도구에 불과하지, 결국 그 기계를 운영하는 주체는 인간이다. 인간의 노동과 기계의 노동이 가진 가치를 동일 선상에 둘 수 없다."

"왜?"

동근의 간단한 질문에도, 민용은 어떻게 말할지 머릿속으로 한참 문장을 고민해야 했다.

"기계의 노동은 땀 흘리지 않는 노동이다. 땀 흘려 일하는 인간의 노동만이 주는 감동 같은 것이 분명히 있다."

민용은 스스로도 모호한 말임을 인지했지만, 대충 동근이 알아주리라 여겼다.

"음."

생각해보던 동근은 딴 이야기를 꺼냈다.

"지금 생명공학의 수준이 어느 정도인지 알지?"

"대충은. 뭐, 정부 직속 생명공학 연구소에서 일한 너만큼은 아니지만. 하여간에 그 좋은 직장을 왜 뛰쳐나온 거냐?"

민용의 핀잔을 동근은 못 들은 척 계속 말했다.

"실제로 마음만 먹으면 지금 당장 20대 초반의 건장하고 빠릿빠릿한 노동자를 수만 명 찍어낼 수도 있어. 그 사람들은 누구보다 열심히 땀 흘리며 누구보다 일을 잘할 거야. 그리고 또, 세상 어느 배우보다 더 아름답고, 탁월한 감정선을 가진 배우를 만들 수도 있겠지. 지금 활동하는 그 어느 배우보다도 더 잘할 거라고 장담해. 어느 분야든 최고 재능의 인간을 만들 수 있다는 거야. 만약 지금 기계의 자리에 기계 대신 그들이 있었다면 어때?"

인상을 찌푸린 민용은, 단호하게 대답했다.

"그런 일은 벌어지지 않아. 윤리적으로 있을 수 없는 일이다. 효율을 따진다면 무슨 기업이라도 당장 했어야 할 일이지만, 실제로 그런 일은 벌어지지 않았어."

"…그거야 그렇지."

동근이 순순히 인정하자, 민용이 강하게 말했다.

"누가 공학자 아니랄까 봐, 네 생각은 너무 계산적이야. 효율만으로 노동의 신성함을 정의할 순 없어. 노동하지 않는 인간은 그럼 뭘 해야 하냐? 할 일이 없으면 무기력해지고, 정체하며 썩어갈 뿐이다. 아무리 정부에서 기본소득을 보장해준다고 해도, 사람인 이상 최소한 일하려는 노력을 멈춰선 안 돼. 그래야 썩지 않아."

"그럼 난 지금 완전히 썩은 인간이네?"

"…"

민용은 아니란 말을 하지 않았다. 말없이 그를 바라보던 동근은 그냥 웃어버렸다.

"에이, 세상에 할 일이 얼마나 많은데. 영화도 보고 소설도 보고 여행도 다니고, 즐기는 것만으로도 시간이 모자라. 돈도 모자라긴 하지만. 하하하."

"으이구."

민용은 동근의 철없는 말에 고개를 절레절레 저었다. 동근은 커피를 한 모금 마시며 지나가는 어투로 말했다.

"일하고 싶어도 일이 없는 세상이잖아. 그래서 무슨 일을 하겠어? 남아 있는 직업이 얼마나 된다고, 기계보다 나은 점이라고는 인간 프리미엄밖에 없는 서비스직? 인간이라는 이유로 더 잘난 기계에게 동정받듯이 직업을 허락받는, 그게 신선한 노동인가?"

"…"

민용의 미간이 찌푸려졌다.

동근이 홀로그램 벽난로의 불을 낮게 조절하며 웃었다.

"아무튼, 난 이제 백수라서 그런지 기본소득이 더 늘어난다니까 좋네. 민용이 너도 딱히 기본소득 때문에 피해받는 것도 아니고, 어차피 너한테도 기본소득은 똑같이 주어지는데 늘어나면 좋은 거 아냐?"

"꼭 똑같지는 않지."

중얼거린 민용의 고개가 벽난로로 향했다. 기본소득은 결국 일하는 사람들의 주머니에서 나온다는 걸 알까? 알든 말든 녀석은 중요하게 생각하지 않겠지.

벽난로에 시선을 고정한 민용의 눈살이 찌푸려졌다.

"저건 또 어디 거야?"

"아, 저거? 파인베리 꺼. 내가 자주 보는 게임 방송에 그 게이

머네 거실에 있는 건데, 괜찮은 것 같아서 찾아봤지."

민용은 혀를 찼다.

"으이구, 마케팅에 당했구만. 감성 가전은 애플이지, 뭘 어디서 듣도 보도 못한 브랜드 걸 샀냐."

"응? 무슨 마케팅? 그냥 방송 보다가 내가 찾아보고 산 건데? 그 게이머는 이 벽난로에 대해서 한마디도 한 적이 없어."

"어휴."

한숨을 내쉬며 고개를 절레절레 내저은 민용은 이 순진한 친구가 진심으로 걱정됐다. 오늘 찾아온 이유도 걱정이 되어서가 아닌가?

"평생 공부만 한 학자님이라 너무 세상 물정을 모른다니까, 넌. 다 계산된 노출이다 그게. 네가 살면서 눈으로 보는 모든 것들에 의미가 없는 게 없다."

"에이, 그건 좀 너무 나간 거 아닌가? 그 사람 별로 인기 있는 방송 게이머도 아닌데?"

동근의 말에, 민용은 네가 뭘 모른다는 듯 손을 휘적거렸다.

"보통 기업 직원의 몇 퍼센트가 마케팅 담당일 것 같냐?"

"글쎄?"

"90퍼센트다."

"와!"

"올인이지. 얼마나 체계적으로 마케팅이 이루어지고 있는지, 넌 아마 상상도 못 할 거다. 가령 전혀 인기 없는 독립영화를 하나 감상한다 치자. 어느 장면에서 화면을 멈춰도 최소 5개 이상의 간접 광고가 숨어 있다고 보면 된다."

"진짜?"

동근은 입이 떡 벌어지자, 민용은 그럴 줄 알았다는 얼굴로 벽난로를 가리켰다.

"기업 입장에서 저 홀로그램 벽난로의 생산 원가가 얼마일 것 같냐?"

"글쎄? 얼만데?"

고개를 갸웃하는 동근에게, 민용은 대단한 정보를 알려준다는 티를 팍팍 내며 말했다.

"이건 나처럼 대기업에서 오래 일한 사람만 알 수 있는 극비 정보니까 어디 가서 말하진 말고… 아마 한 350원 정도 할 거다."

"뭐? 350원밖에 안 한다고? 말도 안 돼! 저게 무슨 볼펜 한 자루도 아니고!"

"볼펜은 생산 원가가 제로에 가깝지. 생산부터 물류, 원자재 확보까지 모조리 기계가 알아서 다 하는데, 350원도 많이 쳐준 걸지도 몰라. 그런데 지금 물가 정가제가 있으니, 너 저거 얼마 주고 샀냐?"

"저거 한 25만 원 줬나?"

"그래, 350원에 만들어서 25만 원에 팔았어. 그럼 그 어마어 마한 이윤이 다 어디로 가겠냐? 세금과 마케팅이지. 장담하는 데, 지금 이 방에 있는 물건 중 생산 원가 천 원이 넘는 게 없을 거다. 지금 인류는 산업에 있어서 극도의 효율에 도달해 있다."

"헐, 진짜?"

"당연히 진짜지."

동근은 믿기지 않는 듯 방 안을 둘러보았다.

"와… 원가가 쌀 거란 건 알고 있었지만, 그 정도일 줄은 몰랐네."

"어디에서도 원가를 공개하진 않으니까. 나야 이쪽 일을 오래 했으니까 어렴풋이나마 짐작하는 거고. 정부에서도 정가제를 시행하고 있는 상황에서 생산 원가가 알려지는 건 반갑지 않을 테니, 알게 모르게 통제하고 있지 않을까 싶다."

민용의 짐작에 동근의 표정이 찝찝해졌다.

"뭔가 기분 나쁜 이야기네. 정가제는 경기 활성화를 위해서인 줄 알았더니."

"그것도 틀린 말은 아니고. 기업의 입장에서 생각해봐. 예를 들어, 그 옛날 생산 원가가 20만 원이던 핸드폰이 4차산업혁명 이후로 200원에 찍어낼 수 있게 되었어. 생산원가 차이가 1,000배가 나게 되었는데, 기업에서 갑자기 가격을 1,000배 깎겠냐? 아니면 정부와 협상을 하겠냐?"

"기업들이 가격을 낮출 리가 없지. 정가제의 탄생이구나."

원하는 대답을 들은 민용은 고개를 끄덕이며 말했다.

"그래서 기본소득이 꼭 평등하진 않다는 거다."

"응?"

뜬금없이 다시 등장한 기본소득에 동근의 눈이 끔뻑했다. 민용이 바로 설명했다.

"전 국민에게 기본소득을 지급하기 위한 그 어마어마한 세금을 기업들이 부담하고 있다는 말이다. 물론, 가능해. 생산 원가 350원짜리를 25만 원에 팔 수 있는 환경이니까. 그런데 이 구조를 쉽게 생각해보면, 결국 현대의 기업에서 하는 일이란 건 소비자에게 미리 돈을 준 뒤 자신들의 제품을 사게 만드는 거란 말이지? 기업의 운영이란, 각자 판돈을 낸 뒤 누가 더 회수를 많이 하느냐의 싸움이란 말이다. 마케팅 전쟁이 될 수밖에 없다."

"아…"

"노동자들이 창출해낸 가치의 거의 전부가 세금화 되어 모두에게 똑같이 나누어지고 있다고 보면, 노동자들의 입장에서는 아무것도 안 하는 사람들이 무임승차한다고 느낄 수 있지 않겠냐? 그러니까 기본소득이 꼭 공평하지는 않다는 거지."

"음."

동근은 잠깐 곰곰이 생각해보다가, 손가락을 튕기며 웃었다.

"무임승차는 아니지. 열심히 소비를 해주고 있잖아?"

"…"

민용은 입맛을 다셨지만, 고개를 끄덕여 인정할 수밖에 없었다.

"그건… 그렇지. 현재 소비자가 가장 중요한 역할이긴 하지. 하지만 그래도 지금 기본소득은 너무 세!"

민용은 더 할 말이 없는지, 탁자에 내려놓았던 커피를 들어 한 모금 마셨다.

"어으, 커피는 맥심이다 역시."

동근은 웃으며 자신의 커피잔을 홀짝였다.

"음, 난 이게 더 맛있는 것 같은데?"

"짝퉁 입맛아. 으이그!"

기지개를 켠 민용은 긴장을 풀며 소파에 나른하게 기댔다. 아까 자신이 별것 아닌 기본소득 얘기로 괜히 조금 열을 냈나 싶은 느낌이 뒤늦게 들었다. 그는 괜히 핸드폰을 꺼내 문자를 확인했다. 어머니의 문자가 도착해 있었다.

[아들~ 운동화 나이키 사면 되지?]

[엉.]

짧게 답장한 민용은 흐릿하게 천장을 바라보며 동근에게 말했다.

"그래서 이 커피가 얼마짜린데? 아마 품질뿐만이 아니라 가격도 맥심이 더 좋을 거다. 원래 대기업이 자동화 저변을 넓게 확보해서 더 싸거든. 앞으로 기본소득만으로 살아갈 생각이면 주입식 마케팅 수법에 휘둘리지 않는 걸 배워야 돼, 넌."

"잘 모르겠는데. 가격 차이 얼마 안 날걸?"

"그렇게 믿고 싶은 거겠지. 그런 듣도 보도 못한 브랜드들의 마케팅이 저열한 이유가 뭔 줄 알아? 정직하게 정보를 제공하는 게 아니라, 소비자들이 스스로 정보를 알아낸 것 같은 착각을 일으킨다는 거다. 사람은 자기가 직접 알아냈다고 생각한 물건에 관해 안 좋다고 말하지 못하거든. 콩깍지 비평만 나오지."

"글쎄, 난 실제로 이 커피가 맥심보다 더 맛있는데?"

동근이 고개를 갸웃하며 반박했지만, 민용은 대수롭지 않게 답했다.

"그 마음이 정말 네 마음일지는 한번 잘 생각해봐라."

살짝 미간을 찌푸린 동근은 커피를 한 모금 마신 후, 표정을 풀고 물었다.

"그래서 주입식 마케팅 수법에 휘둘리지 않는 법이 뭔데?"

민용은 소파에서 몸을 조금 일으켜 동근을 보았다.

"말 그대로 확고한 자기 기준을 세우고 흔들리지 않는 거지. 누군가 어떤 식으로 마케팅하던, 확고한 자기 기준이 있는 사람은 휘둘리지 않아."

"그 기준을 어떻게 잡는 건데?"

"그건…"

민용은 할 말이 너무 많은 듯, 잠깐 생각을 정리하고 말했다.

"가장 간단한 방법은 유명한 대기업 브랜드를 사용하는 거다. 굳이 모르는 브랜드로 모험을 할 필요가 없지. 제품의 품질이야 시장에서 몇 십 년을 버틴 저력이 증명해주고, 가성비도 오히려 자동화 저변 확보를 많이 한 대기업이 좋다. 대충 어렸을 때부터 귀에 익은 브랜드 제품을 이용하면 안전하지."

동근은 납득이 안 가는 듯 고개를 갸웃했다.

"유명하다고 무조건 좋다는 건 좀, 훌륭한 방법처럼 보이진 않는데? 실제로 도루코 면도기보다 베이커 면도기가 더 좋다고들 하잖아 요즘."

"그래, 물론 유명하다고 무조건 좋지는 않지. 그냥 그게 가장 간편한 방법이라는 말이었다. 사실 어릴 적부터 직접 체험하면서 기준을 세우는 게 가장 정확한 방법이지. 단, 비판적인 사고 방식을 갖고 있어야 해. 내가 이 제품을 결정하는 데 있어서 어떤 마케팅에 영향 받았는지 깨달을 수 있어야 한다고. 그런데 네가 그게 가능하겠냐? 당장 이 방만 둘러봐도 듣도 보도 못한 브랜드가 가득한데 말이다."

"음."

"내가 보기에 넌 그냥 대기업 제품 쓰는 게 안전해. 이건 내가 대기업을 다녀서 하는 말이 아니라, 유명 브랜드의 마케팅은 깨끗한 편이거든. 최소한 제품의 성능으로 승부하는 정식 광고가 주력이지. 제대로 된 제품 광고도 안 하고, 광고가 아닌 척 여기저기 주입식으로 노출만 하는 것들은 제품에 자신이 없으니까 그러는 거다. 나야 그런 마케팅을 알아보는 눈을 갖고 있으니까 분별할 수 있겠지만, 넌 아마 안 될 거다. 넌 네 의지로 물건을 샀다고 생각하겠지만, 마케팅에 조종당했을 확률이 높지."

동근의 미간이 좁아졌다.

"내가 산 물건들이 다 마케팅에 조종당한 결과라고?"

민용은 가볍게 고개를 끄덕이며, 덧붙였다.

"그렇다고 봐야지. 넌 마케팅이 뭔지 몰라도 너무 몰라. 뭐, 월급 빵빵한 생명공학 연구소에서 계속 일했으면 그냥 아무 생각 없이 막 사도 됐을 텐데, 그것도 아니고. 쯧."

"..."

동근은 가만히 민용을 바라보다가 입을 열었다.

"생명공학 연구소에 월급이 왜 그렇게 높았는지 알아? 엄청

4차산업혁명과 마케팅

난 예산이 들어오거든."

"그렇겠지. 중요한 분야잖아."

"맞아. 그런데 이상하다고 생각해본 적 없어? 연구소에서 딱히 성과를 내놓는 것도 없잖아."

"음. 생명공학 업적?"

민용은 살짝 미간을 좁히고 생각해봤지만, 그 말대로 생명공학 연구소의 업적을 뉴스로 본 기억이 없었다. 그가 대답하지 못하자, 동근이 고개를 끄덕이며 말했다.

"딱히 기억나는 게 없지? 그런데 말이야, 정부 직속이지만 연구소는 사실상 세금으로 운영되는 게 아니야. 유명 대기업들의 어마어마한 지원으로 운영되고 있어."

"뭐?"

민용의 눈살이 찌푸려졌다. 회사에 다니면서도 전혀 몰랐던 사실이고, 생각해봐도 그럴 만한 이유가 없었다.

"이해할 수가 없는데? 왜?"

"그건 말이야."

동근은 슬쩍 웃으며 민용의 말투를 흉내 냈다.

"이건 나처럼 연구소에서 오래 일한 사람만 추측할 수 있는 극비 정보니까 어디 가서 말하진 말고."

살짝 눈살을 찌푸린 민용이 동근보다 먼저 말했다.

"설마, 아까 네가 말했던 건강하고 빠릿빠릿한 20대 초반의 노동자를 연구소에서 찍어내고, 기업에다가 그들을 사용하라고 제공한다는 말이냐?"

"아니. 그런 노동자를 만드는 게 기술적으로는 얼마든지 가능한 일이지만, 윤리적으로 허락되지 않아. 돈의 논리로 생명을 만들 순 없잖아? 게다가 기계에게 효율도 밀릴 것 같고."

"그렇지. 그게 상식이지. 그럼?"

민용은 궁금한 얼굴로 동근을 바라보았다. 가만히 그 표정을 바라보던 동근은, 뜬금없는 질문을 던졌다.

"왜 우리나라에는 고아가 없을까?"

"뭐?"

민용은 갑자기 나온 낯선 단어에 미간을 찌푸렸다. 동근이 재차 물었다.

"고아 말이야. 너 영화나 소설에서 말고, 실제 고아를 본 적 있어? 우리나라에는 고아가 한 명도 없어. 그건 참 너무 이상하지 않아?"

"음…"

민용의 눈이 조금 커졌다. 살면서 한 번도 생각해본 적이 없는 이야기였다. 그러고 보면, 고아란 개념이 뭔지는 아는데, 살면서 고아란 단어조차 접해본 기억이 잘 안 났다.

동근이 의미심장하게 말했다.

"고아가 과연 없을까?"

"그건…"

"그게 우리 연구소에서 하는 일이야. 유명 대기업들이 연구소를 지원하는 이유고."

"뭐?"

민용은 동근의 말에 담긴 의미를 풀어보려고 미간을 찌푸렸다.

"그게 무슨 말이야?"

민용의 질문에, 동근이 고개를 흔들며 무심하게 답했다.

"글쎄. 마케팅이 뭔지는 전문가인 네가 더 잘 알잖아?"

"뭐? 마케팅?"

민용의 인상이 찡그려질 때, 그의 주머니에서 핸드폰이 울렸다. 민용의 어머니였다.

[아들~ 집에 라면이 다 떨어졌는데 오는 길에 좀 사 올래? 아들이 어릴 적부터 좋아하던 신라면 말이야. 역시 라면은 농심이야, 그치?]

"……"

휴대폰을 바라보는 민용의 손이 떨리기 시작했다.

노인을 위한 금고는 없다

넓은 창밖으로 숲이 보이는 고급스러운 서재. 의자에 앉은 노인이 은은한 미소로 창밖을 보고 있었다. 저택 가득 퍼져 있는, 어울리지 않는 청국장 냄새가 노인을 미소 짓게 했다. 노인은 실크 겉옷의 품에서 반지 케이스를 꺼내어 열어보았다. 다이아몬드 반지가 반짝이고 있었다.

⋮

"이 노인네가 진짜 죽고 싶어서 안달이 났나? 금고가 어디 있는지 빨리 말해!"

집기들이 어지러이 널려 있는 저택의 거실. 의자에 포박된 노인을 향해 다섯 명의 파워레인저가 윽박지르고 있었다. 좀 더 정확히 말하자면, 파워레인저 가면을 쓴 다섯 명의 강도들이다.

남자로 보이는 레드, 블랙, 블루. 여자로 보이는 핑크, 옐로우. 그들 다섯은 이제 막 온 집안을 뒤집고 온 듯, 숨을 몰아쉬며 답답해하고 있었다. 블랙과 핑크는 가장 앞에선 레드를 향해 짜증을 토해냈다.

 "빌어먹을! 이렇게 안 나오면, 진짜 금고가 없는 거 아닙니까?!"

 "야, 레드! 이게 어떻게 된 거야? 이 노인네가 집에 돈을 쌓아놓고 있다며?"

 레드는 대답 대신 노인의 멱살을 붙잡고 윽박질렀다.

 "씨발! 자꾸 이렇게 비협조적이면 나도 더는 노인 공경 못 해, 어? 금고 어딨냐고!"

 한데, 레드의 위협에도 노인은 피식 웃는 것이 아닌가?

 분노한 레드는 거칠게 손아귀를 틀어쥐었다.

 "이 미친 노인네가 웃어? 진짜로 피를 봐야 정신을 차리겠어!"

 노인은 흐흐흐 웃음을 흘리다가 여유 있게 말했다.

 "죽이겠다고? 피를 보겠다고? 자네들이 그럴 수 있을까?"

 "뭐?"

 노인은 다섯 가면을 전체적으로 빙 둘러보며 말했다.

 "자네들 중에 사람 죽여본 사람? 없지?"

 "…"

 아무도 대답을 못 하자, 노인은 그럴 줄 알았다는 듯 고개를 끄덕였다.

 "그럴 거야. 자네들은 그렇게 무서운 범죄자들이 아니거든."

"무, 무슨 개소릴!"

"일단 들어 봐. 자네들이 내 집에 쳐들어와서 나를 이 꼴로 만든 지가 벌써 40분이야. 그 사이에 나에게 무슨 위험한 일이 일어났지? 없어. 그냥 이 방석 없는 의자가 좀 불편할 뿐이야."

"…"

"만약 내가 자네들이었다면 지금쯤 손가락 하나쯤은 잘랐을 거야. 이렇게 말로만 위협하고 있진 않았을 거라고."

레드는 잠깐 움찔했다가, 위협하듯 크게 고함쳤다.

"그래! 손가락이 잘리고 싶어? 소원이야? 그렇게 해줄까!"

그러나 노인은 조금도 위축되지 않았다. 무시하고, 모두를 둘러보며 자기 할 말만 했다.

"그리고 이렇게 보면 자네들의 구성도 의심스러워. 서로 그렇게까지 친한 사이는 아니지 않아?"

"뭐?"

"자네들이 서 있는 모습을 봐. 한 동료라기엔 너무 서로 동떨어져 있잖아?"

다섯 가면들은 정곡을 찔린 듯 움찔 놀랐다. 노인이 흐릿하게 웃었다.

"저쪽에 둘이서만 따로 떨어져 있는 파란 가면이랑 노란 가면 말이야. 둘은 서로만 애인 사이고, 나머지 셋이랑은 별로 잘 모르는 사이지? 아까부터 단 한 번도 목소리를 내지 않고 있는데, 둘이서만 서로 귓속말을 주고받고 있어. 게다가 둘은 이런 범죄가 처음인 일반인일 걸? 처음 들어왔을 때부터 나를 애써 외면

하고 있는 모양새가 말이야."

노인의 시선이 향하자 블루와 옐로우가 움찔 놀라며 손을 잡았다.

당황한 레드의 음성이 떨려 나왔다.

"이, 이 노인네가!"

"다음으로 저 검은색! 저 친구는 진짜 도둑이 맞아. 아마 이 중에 우리 집 보안을 뚫어낸 자가 있다면 저 친구일 거야. 유독 비밀스러운 부분들만 골라서 거침없이 뒤지더라고. 다만, 자네들을 대할 때 격식을 차리고 있어. 자네들이 생각 없이 막 뒤지는 모습을 보면 짜증 날 만도 할 텐데, 화 한 번 안 내고 다시 가서 제대로 확인을 하더란 말이야? 내 생각에는, 빨간 가면 자네가 초대한 전문가 같은데?"

"으음…"

노인의 말에 블랙이 낮은 신음을 삼키며 팔짱을 꼈다. 노인이 이번에는 가장 앞에 선 레드를 보았다.

"빨간 가면, 자네. 그래, 자네가 확실히 이 그룹의 리더야. 하지만 자네가 실제로 알고 지내던 사람은 저 분홍색밖에 없어. 나머지는 다 자네가 초대한 사람들이야. 아마 자네가 내 집 금고에 대한 정보를 가지고 있었겠지? 그래서 중심에서 사람들을 모았을 테고 말이야."

"그걸 어떻게…"

"그리고 자네를 향한 분홍의 강압적인 태도를 보아하니, 자네의 약점을 잡고 있던지, 아니면 자네의 잔소리 심한 마누라겠군.

안 그래?"

"이, 이 영감이!"

가면들은 당황한 모습을 숨기지 못했다. 그때, 노인이 눈을 서늘히 빛내며 말했다.

"내가 궁금한 건 도대체 어떻게 알았느냐는 거야. 불과 얼마 전, 내가 거의 모든 재산을 현금화해서 금고에 숨겨둔 사실을 말이야."

"아!"

"여, 역시! 금고가 있었잖아, 이 노인네! 어딨어?"

깜짝 놀란 레드가 다시 노인의 멱살을 강하게 조일 때, 노인이 가면을 노려보며 낮게 말했다.

"이거 좀 놓고, 내 제안을 들어보는 게 어때?"

"뭐?"

"금고 위치가 알고 싶다며?"

레드는 잠깐 망설였지만, 멱살을 놓고 한 발짝 물러났다. 노인은 피식 웃더니 모두를 전체적으로 둘러보며 말했다.

"내 금고는 모두 다섯 개야. 희한한 인연이지? 자네들도 다섯인데 말이야."

"…"

"그래서 내가 자네들의 사이를 궁금해했던 거야. 내가 제안하고 싶은 건, 그것이거든."

제안이라는 단어에 집중하는 가면들에게 노인이 웃으며 물었다.

노인을 위한 금고는 없다

"너희들, 각자 내 금고를 하나씩 가지지 않을래?"

"뭐?"

가면들은 생각지도 못했던 말에 당황했다. 노인이 여유 있게 말했다.

"그렇잖아? 어차피 너희들은 그렇게 친한 사이들도 아니고. 사실상 이 도둑질만 끝나면 영영 안 볼 사람들 아니었어?"

"지금 뭐라는…!"

레드가 뭐라 말하려 나설 때, 노인이 말을 끊으며 나머지에게 빠르게 물었다.

"말해봐! 수익 배분이 어떻게 되지? 빨강이 가장 크지 않아?"

동요하는 가면들의 모습을 본 노인의 목소리가 더 커졌다.

"내 금고 속에 든 현금은 모두 400억! 금고 하나당 100억씩 돈이 들어 있다. 한 사람당 100억을 가져갈 기회란 말이다!"

"이, 이 노인네가!"

레드가 놀라 소리쳤지만, 노인은 멈추지 않았다.

"뒤져봤으니 알겠지만 내 금고는 이곳에 없어. 모두 먼 곳에 흩어져 있지. 그 위치를 자네들에게 하나씩 각각 알려주겠다는 거야. 어차피 자네들은 그냥 돈만 나눠서 흩어지는 게 더 편한 사이 아닌가? 분배한답시고 모여서 뒤통수 맞을 일도 없고. 누구는 많이 받고, 누구는 적게 받고 할 것 없이, 정당하게 나누는 게 자네들에게도 좋지 않겠냔 말이야."

"이익!"

분노한 레드가 다시 노인에게로 손을 뻗을 때, 그를 붙잡는 손이 있었다.

"잠깐 기다려봐, 레드!"

블랙이었다. 그는 노인에게 정중히 물었다.

"저기, 왜 100억씩입니까? 전 재산이 400억이고, 금고는 다섯인데."

"뭐야, 너!"

당황한 레드가 블랙을 돌아보았지만, 블랙은 노인만 바라보고 있었다. 노인의 입가에 미소가 번졌다.

"좋은 질문이야, 검정. 왜 100억일까? 다섯 개의 금고 중 하나는 현금이 아닌 내 추억의 물건들이 들어 있거든! 옛날 사진이나, 편지나, 일기장 같은… 쉽게 말해서 자네들에겐 꽝이지. 그래서, 더 재밌지 않아? 자네들 다섯이 금고 하나씩을 나눠 가진다! 다만, 한 명만은 재수 없게 꽝으로 무일푼! 어때? 게임이란건 이래야 재밌잖아?"

노인의 얼굴은 즐거워 보였다. 화가 난 레드가 블랙의 손을 뿌리치고 노인에게 달려들려고 했지만, 그보다 먼저 뒤에서 목소리가 들려왔다.

"재밌네요. 그렇게 하죠."

"뭣?"

핑크가 한 발짝 다가와 제안에 동의했다. 곧이어 블랙도 나섰다.

"저도 찬성합니다."

"이런…"

레드가 두 사람을 보며 당황할 때, 노인이 멀리 떨어진 블루와 옐로우를 보며 소리 질렀다.

"자네들은 어때? 자네들도 동의하지? 어차피 자네들은 둘이서 나눠 가져도 되니까 페널티가 적잖아?"

둘은 움찔 놀랐다가, 서로 귓속말을 나눈 뒤에 고개를 끄덕였다. 노인은 빙긋 웃으며 레드에게 마지막으로 물었다.

"이렇게 되면, 자연스럽게 자네도 동의하는 것으로 알아도 되겠나?"

레드는 몸을 떨었지만, 도저히 거절할 수 없는 분위기였다. 노인이 알아챈 대로 그들은 비즈니스 관계였던 것이다. 그는 갈등하다가, 노인을 향해 윽박질렀다.

"그래, 좋아! 그래서 일단 금고가 어딨는데?"

"그래서 일단은, 내 손을 좀 풀어주지?"

"뭐? 이…"

"손만 풀어줘. 그래야 진행할 수 있으니까."

레드는 망설였지만, 그가 나서지 않더라도 어차피 누군가 나설 분위기였다. 별 수 없이 레드는 노인의 손을 풀어주었다. 노인은 손목을 쓰다듬으며 만족하더니 곧, 모두를 둘러보며 여유 있게 말했다.

"난 평생 남들의 머리 위에 군림하며 회장님 소리를 듣던 사람이야. 그런데 이렇게 자네들에게 휘둘리는 건 썩 마음에 들지 않는단 말이야. 주도권을 내가 가져야겠어."

"뭐야?"

"조건 하나에 정보 하나! 그것이 내 게임의 룰이야."

"뭐? 조건? 이 노인네가 어디서 개수작을!"

레드가 발끈했지만, 노인네의 다음 말은 가면들을 동요하게 했다.

"정보가 있어야 꽝을 피할 수 있을 텐데? 다섯 개 중에 한 금고는 꽝이라고."

모두가 멈칫하는 사이, 노인은 레드를 향해 다정하게 말했다.

"빨간 가면. 자네가 내 손을 풀어주었지? 이번에 사네에게만 정보를 하나 주겠네."

"뭐?"

"가까이 와. 귓속말을 해야 하니까. 혼자만 알고 있는 게 좋잖아? 꽝을 피하려면 말이야."

레드는 주변의 눈치를 보고 당황하면서도, 쭈뼛쭈뼛 노인에게 다가가 귀를 내밀었다.

[엄지는 안전해.]

"…"

레드는 속삭임의 의미를 파악하지 못한 것처럼 노인을 바라보았다. 그 시선을 느낀 노인이 눈치 좋게 모두를 향해 소리쳤다.

"아참! 내 금고의 열쇠는 따로 없어. 모두 내 지문으로만 열 수 있지! 각각, 엄지 검지 중지 약지 새끼!"

"?!"

가면들은 당황했다. 일단, 노인의 말은 거부감이 드는 점이 있

　　　　　　　　노인을 위한 금고는 없다

었다.

"잠깐! 열쇠가 지문이라고? 노인네 지문이 있어야만 금고를 열 수 있다는 건… 뭐하자는 거야? 일일이 당신을 데리고 다녀야 한단 말이야?"

레드의 반박에 노인의 눈빛이 서늘해졌다. 노인은 손가락을 앞으로 내밀어 펴 보이며 말했다.

"걱정하지 마. 내 손가락을 모두 잘라서 하나씩 나눠 줄 테니까."

"뭣!"

흠칫 놀라는 모두를 바라보며 노인이 서늘히 웃었다.

"이 정도는 해야 내 게임이 장난이 아니라는 걸 자네들이 믿어주지 않겠어?"

가면들은 노인의 기세에 압도당한 듯, 할 말을 잃었다. 노인은 빙긋 웃으며 온화하게 이야기를 다시 시작했다.

"어쩌면 자네들도 이미 알고 있을지 모르겠지만, 어차피 내 이 몸뚱어리는 병으로 얼마 못 살아. 재산을 물려줄 자식도 없어. 내 재산을 사회에 환원하든, 자네들에게 주든, 나에겐 아무 차이가 없다는 거지. 그저 난 재미만 있으면 돼."

"…"

"자네들은 내게서 금고의 정보를 얻어낸 다음, 내 손가락 하나씩을 뜯어서 가져가면 되는 거야. 안전하게 금고의 돈을 가지고 아무도 모르게 떠날 수 있단 말이지."

"으음…"

신음을 삼키는 가면들에게 노인이 눈을 빛내며 물었다.

"그래서 내 조건 말인데… 내가 지금 한 가지 무척 궁금한 게 있는데 말이야, 누가 대답 좀 해줬으면 좋겠는데?"

움찔한 가면들은 자기도 모르게 노인에게 집중했다.

"자네들 중에… 나와 가까운 사람이 있지?"

가면들은 티 나게 당황했다. 노인은 손을 내저었다.

"아… 부담 주고 싶지는 않아. 누군지 밝힐 필요 없이, 그냥 에, 아니오로만 대답해줘. 어차피 내 짐작을 확인하고 싶을 뿐이니까."

노인이 말하며 모두를 둘러볼 때, 눈치 보던 핑크가 빠르게 나섰다.

"있어!"

놀란 가면들이 핑크를 돌아볼 때, 노인이 만족하며 고개를 끄덕였다.

"흠! 역시! 좋아. 자네에게도 정보를 하나 주지."

핑크는 다른 가면들의 시선을 무시하고 바로 노인에게로 다가갔다. 노인은 핑크의 귀에 작게 속삭였다.

[검지의 금고에는 돈이 들었어.]

"아!"

핑크는 작게 고개를 끄덕이며 뒤로 물러났다. 다른 가면들의 시선이 그런 핑크의 모습을 쫓았다. 그들의 마음에 불안감과 정보에 대한 갈망이 피어나는 순간이었다. 노인이 빙긋 웃으며 말했다.

노인을 위한 금고는 없다

"방금 정보로 100억은 확실해졌을 거야."

놀란 가면들의 긴장한 시선이 그에게 향했다. 노인은 목을 매만지며 말했다.

"목이 마르는데… 물 한 컵만 가져다 줄 사람?"

"!"

달렸다. 가면들이, 달렸다.

.
.
.

"하…"

물 한 잔을 단숨에 들이켠 노인이 물컵을 옆 사람에게 건넸다. 숨을 헐떡이는 블루에게 말이다.

"좋아, 파랑. 귀를 가까이."

블루는 얼른 귀를 가져다 댔고, 나머지 가면들이 떨어진 곳에서 그 모습을 바라보았다. 노인은 블루의 귀에 속삭였다.

[중지의 금고는 돈이야.]

"…"

블루는 묵묵히 옐로우에게로 돌아갔다. 둘이 귓속말을 속삭이려던 그 순간, 갑자기 노인이 모두를 향해 가운데 손가락을 세워 내밀었다.

"?!"

뜬금없는 노인의 행동에 가면들이 당황한 그때, 노인이 선언했다.

"이번엔 이 중지의 금고가 어디에 있는지 알려줄 거야. 그리고 원한다면, 곧바로 이 손가락을 잘라 가지고 떠나도 좋아."

"!"

가면들이 크게 동요했다. 특히, 방금 중지의 정보를 얻은 블루의 동요가 가장 컸다.

"어때? 이렇게 한 명씩 떠나서 금고를 가질 수 있다면, 안전하게 자기 몫을 챙길 수 있지 않겠어? 중지 금고는 여기서 그리 멀지 않으니까, 전화로 내 말이 거짓말인지, 진짜인지도 확인할 수 있고 말이야."

"으음…"

긴장한 가면들이 침을 꿀꺽 삼켰다. 그들 중, 블랙이 조심스럽게 나섰다.

"그, 그래서… 뭘 하면 됩니까?"

순간, 노인의 눈빛이 서늘해졌다.

"지금 당장 가면을 벗는 자에게 알려주지."

"!"

가면들은 당황했다.

"그, 그건…!"

서로 눈치를 볼 뿐 섣불리 행동에 나서는 자들이 없었다. 그만큼 가면을 벗는다는 건 커다란 부담이었다. 게다가 중지가 꽝이 아니라는 보장이 없지 않은가? 반면 블루는 몸이 달았다. 그는 다른 사람들과 다르게 중지의 금고가 확실하게 돈이라는 사실을 알고 있었다. 그는 자꾸만 옐로우를 돌아보며 안절부절 못

했다. 곧, 블루와 옐로우가 서로 귓속말을 속삭였다. 이윽고, 블루는 노인의 앞으로 나섰다. 놀란 모두의 시선이 블루에게 향하고, 그가 천천히 손을 가면으로 옮기던 그 순간,

"벗었습니다!"

"?!"

급히 뒤돌아보는 블루의 눈에, 가면을 벗은 블랙의 모습이 보였다.

"이, 이런!"

블루의 목소리가 처음으로 튀어나왔다.

블랙, 수염 가득한 거친 인상의 중년 남자가 성큼 걸음으로 노인을 향해 걸어갔다.

"이게 제 얼굴입니다."

"…"

노인은 블랙의 얼굴을 빤히 쳐다보다가 고개를 끄덕였다.

"흠. 내가 모르는 얼굴이군. 자네는 역시 단순히 도둑질 전문가였어. 좋아, 중지 금고의 위치를 알려주지. 종이와 펜을 가져와."

블랙은 얼른 종이와 펜을 가지러 갔고, 그 모습을 보는 블루의 주먹 쥔 손이 부들부들 떨렸다. 그러면서도 최대한 티를 내지 않으려고 침착을 가장했다.

얼마 뒤, 블랙에게 쪽지를 작성하여 건넨 노인이 물었다.

"그래서, 지금 내 중지를 잘라줄까?"

"…"

블랙은 블루를 힐끔 돌아보았다. 블루는 필사적으로 무심함을 유지하고 있었다. 블랙은 고민하다가, 고개를 흔들었다.

"이 금고가 어떤 금고인지 확신을 못 하니까… 조금만 있다가 하지요."

"흠. 그러던가."

블랙은 뒤로 물러났고, 블루의 충혈된 눈동자가 그의 손에 든 쪽지로 향했다.

"자!"

큰 소리로 시선을 집중시킨 노인이 이번엔 검지를 들었다.

"이번엔 이거야. 이 손가락의 금고가 어디 있는지 알려줄 거야."

단번에 집중하는 가면들! 그중에서도 검지의 정보를 아는 핑크의 몸이 달아올랐다.

"이번에도 가면 속 얼굴을 보고 싶은데…"

노인의 말에 핑크의 손이 움찔했다. 한데,

"아까하고는 조금 달라."

노인이 들었던 검지를 그대로 숙이며, 옐로우를 가리켰다.

"저 여자의 가면을 벗기는 사람에게 알려주겠어."

당황하는 가면들의 시선이 옐로우에게로 향했다. 옐로우의 고개가 그 시선들을 빠르게 왔다갔다 했다.

"…"

잠깐의 적막이 흐르다가, 순간! 옐로우를 향해 핑크가 달려들었다!

"꺅!"

놀란 옐로우가 한발 물러나는 사이, 블루가 반사적으로 끼어들어 핑크를 붙잡고 막아섰다.

"이익!"

핑크가 뒤쪽 레드를 향해 소리쳤다.

"이 병신! 도와주지 않고 뭐해!"

"염병!"

레드는 마지못해 달려들어 블루를 잡아뗐다.

"당신들 무슨! 뭐하는 짓이야!"

"아, 염병! 몰라!"

두 사내의 거친 몸싸움이 벌어지는 사이, 빠져나간 핑크가 옐로우의 가면을 잡아챘다.

"꺄악!"

옐로우가 발버둥쳤지만, 거침없는 핑크의 손아귀에 가면이 벗겨지고 말았다.

"아, 안 돼!"

옐로우는 급히 양손으로 얼굴을 가리고 주저앉았지만, 눈에 불을 켜고 지켜보던 노인의 시선을 피할 순 없었다.

"역시!"

노인의 커다란 외침에 가면들의 고개가 돌아갔다.

"역시 너였구나? 혜화야."

"…"

고개 숙인 옐로우, 홍혜화가 입술을 깨물었다. 노인은 쓸쓸하게 과거를 회상하듯 말했다.

"1년 전이었다. 천애 고아 신세가 되어 지낼 곳이 없다던 너를 내 집에 받아들인 그날부터, 내 몸이 이 지경이 되었더구나? 티나지 않게 아주 서서히 말이야."

"…"

"처음에는 너를 의심하지 않았다. 아니, 믿고 싶었지. 그런데… 네가 내 재산의 상속권이 있다고?"

홍혜화가 인상을 찡그렸다. 노인은 차갑게 말했다.

"그래서 난 실험을 해봤지. 사후 내 모든 재산을 사회에 기부하기로 미리 유언장을 작성했어. 그 사실을 알게 된 너는 거짓말처럼 모습을 감추더구나. 그렇게 살갑던 아이가 말 한마디도 없이 말이야."

"…"

"그리고 내가 모든 재산을 현금화한다는 소문이 돌자마자, 이렇게… 여기서 보게 되는구나, 혜화야."

"으…"

홍혜화가 고개 숙여 시선을 피할 때, 노인은 깊은 한숨을 내쉬었다. 그는 조금 안타까운 눈빛으로 그녀를 바라보았다.

"차라리 처음부터 솔직하게 말했다면… 어릴 적 집을 나간 내 누이의 딸이라고 솔직하게 말했다면… 내 재산을 네게 다 물려주었을 텐데 말이다."

깜짝 놀란 홍혜화가 고개 들었다.

"그, 그럴…"

노인을 위한 금고는 없다

"그럴 리가 없다고? 왜? 왜 그렇게 생각하지? 왜 그럴 리가 없다고 생각하지?"

노인의 목소리가 점점 거칠어졌다.

"난 평생 돈만 버느라 주변에 사람이 없어! 어차피 죽은 다음에, 내게 돈이 무슨 소용이 있지? 우리 집안에 유일하게 남은 핏줄에게 못 줄 이유가 뭐냔 말이다! 이 멍청한 년아!"

"그, 그런… 그런…"

아연실색하는 홍혜화를 분노한 노인이 가만히 노려보았다. 두 사람을 중심으로 무거운 침묵이 흐르던 그때, 날카로운 목소리가 끼어들었다.

"끝났어? 할 말 끝났으면 정보나 주지그래? 내가 가면 벗겼잖아!"

핑크가 깨는 톤으로 노인에게 말했다.

"…흠."

노인은 홍혜화를 일별하고, 펜을 들어 쪽지에 무언가를 써내려갔다. 눈을 빛내며 다가간 핑크는 완성된 쪽지를 건네받자마자 말했다.

"좋아! 이제 손가락 잘라 줘!"

그 거침없는 발언에 다른 가면들이 더 놀라 쳐다보았다. 반면, 노인은 별다른 반응 없이 무심한 얼굴이었다. 그리고 뜻밖에도 노인의 고개가 향한 곳은, 뒤쪽의 레드였다.

"어이, 줘도 되나?"

"뭐야? 내가 달라는데 저 새끼한테 왜 물어? 저 새끼가 리더 같아?"

핑크의 톤이 날카로워졌지만, 노인은 무시하고 레드에게 재차 물었다.

"마지막으로 묻지. 줘도 되나?"

"…"

레드는 갈등하는 모양새였다. 핑크는 뒤를 돌아보며 신경질적으로 쏘아붙였다.

"참 나, 야! 이 영감한데 주라고 한마디 해!"

"…"

"이 새끼가 뭘 멍 때리고 있어? 너한테 결정권이 있다고 생각해? 이 새끼야!"

레드는 부들부들 떨다가, 고개를 끄덕였다.

"저 병신! 이봐! 이제 됐지? 빨리 손가락 잘라 달라고!"

노인은 잠깐 고민하다가 한쪽을 가리켰다.

"저기 서랍에 작두가 있을 거야. 가져와. 수건이랑, 구급상자도!"

핑크는 빠르게 서랍으로 다가가 작두를 가져왔고, 뒤이어 블랙이 수건과 구급상자를 가져왔다. 노인은 구급상자에서 꺼낸 주사를 손에 맞추더니, 몇 분 뒤 손의 감각이 사라진 것을 확인하고 말했다.

"징그러운 거 못 보는 사람은 고개 돌려."

노인은 아무렇지도 않게 자신의 손을 작두에 얹었다. 그래도 망설임이 있을 거라 생각한 가면들의 예상과는 달리, 곧바로!

써컹!

"꺅!"

노인의 검지가 잘려 떨어졌다. 거침없이 행하는 노인의 모습에 가면들의 몸이 굳었다. 인상을 찡그린 노인은 지혈제를 바르고, 붕대로 손을 감싸 쥐었다.

"뭐해? 얼른 가져가. 시간이 지나서 쭈그러들면 금고가 안 열릴지도 몰라!"

망설이던 핑크는 노인의 말에 얼른 잘린 손가락을 집어 들었다. 그리고 레드를 돌아보며 쏘아붙였다.

"이제 다신 나를 찾지 마, 이 병신아!"

"..."

핑크가 빠르게 저택을 빠져나가고, 사람들의 복잡한 시선이 그 뒷모습을 쫓았다.

곧, 블랙이 노인을 향해 물었다.

"괜찮습니까?"

"그래. 마약이라도 하고 싶군…"

"..."

가면들은 섣불리 다음 행동을 취하지 못했다. 결국, 노인이 먼저 입을 열었다.

"다음은 저 파란 가면 얼굴 좀 볼까?"

움찔 놀라는 블루에게로 향하는 시선들! 곧바로, 블랙이 그에게로 향했다. 당황한 블루가 손을 들어 방어 자세를 취하던 그때,

"엇!"

블루의 뒤에 있던 홍혜화가 먼저 그의 가면을 벗겨버렸다.

"헤, 혜화야?"

"됐어! 어차피 다 들켰다고!"

"음!"

블루의 얼굴이 굳었다. 노인이 블루의 얼굴을 자세히 보았다.

"몇 번 본 얼굴이군? 친오빠라더니, 아니지?"

"…"

블루는 인상을 찡그리며 침묵했고, 홍혜화가 노인에게로 걸어가며 시선을 빼앗았다. 그녀는 바로 노인에게 귀를 가져다 댔다. 노인은 쓴웃음을 지었다.

"이거 참, 오랜만에 가까이서 보는구나."

노인의 이죽거림에도 홍혜화는 애써 무표정을 유지했다. 노인은 피식 웃으며 귓속말을 전했다.

[새끼손가락의 금고는 돈이다. 네가 내 말을 믿을 수 있다면 말이다.]

인상을 찡그리며 물러난 홍혜화가 곧장 블루와 귓속말을 나누었다. 그때 노인이 갑자기 소리 질렀다.

"하나만 물어보자!"

큰소리에 놀란 둘이 돌아보고, 노인이 강렬한 눈빛으로 둘을 노려보며 물었다.

"둘 중에 누구의 계획이냐? 그놈이 나를 죽이고 내 재산을 빼앗자고 꼬신 거냐, 아니면 혜화 네가 빼앗는 걸 도와달라고 꼬신 거냐?"

두 사람의 미간이 좁아졌다. 노인은 그들을 가만히 쳐다보며 말했다.

"솔직하게 말해 봐. 이번에도 정보 하나 줄 테니까."

둘의 눈동자가 커질 때, 레드가 급히 끼어들었다.

"자, 잠깐! 저놈들만 정보를 얻을 수 있는 조건이잖아, 그건!"

노인은 아무렇지도 않게 레드를 무시했다.

"다음은 너희 둘만 가능한 걸로 할 테니까 기다려."

레드가 입을 다무는 사이, 블루가 앞으로 나섰다.

"제가 그랬습니다. 혜화가 당신의 유산을 받을 수도 있다는 얘기를 듣고, 당신을 죽여 유산을 가로채자고 혜화를 꼬셨습니다."

"흠…"

"하지만, 당신이 기대하는 일은 없습니다. 혜화는 내 제안을 거절하지도 않았고, 전혀 망설이지도 않았습니다."

"…"

노인의 차가워진 눈이 홍혜화에게로 향했고, 그녀는 고개 돌려 외면했다.

"그래. 정보를 줘야겠지. 이번에 줄 정보는 새끼손가락 금고의 위치다."

"!"

홍혜화와 블루가 깜짝 놀랐다. 방금 새끼손가락이 100억이라는 사실을 알게 되었는데, 그 위치를 알려주겠다고?

노인은 펜을 들고 거침없이 금고의 위치를 적기 시작했다. 황급히 앞으로 달려간 블루가 쪽지를 받아 들더니, 미간을 찌푸리며 고민에 잠겼다. 노인은 입술을 비틀어 웃었다.

"잘라줄까?"

"…"

블루는 홍혜화에게 돌아가서 귓속말을 나눴다. 그 내용에 홍혜화가 놀랐다.

"뭐, 오빠?"

"내가 먼저 가서 확인해볼게. 그럼 진짜인지 아닌지 알 수 있겠지."

홍혜화의 얼굴이 불안해졌다.

"나도 같이 가면 안 돼?"

"아니, 너는 여기서 정보를 얻어야지."

"…"

홍혜화는 마뜩잖았지만, 블루는 이미 노인에게로 가서 손가락을 요구하고 있었다.

"그래… 가져가라고!"

노인은 망설임 없이 새끼손가락을 잘라냈다. 블루는 떨어진 손가락을 얼른 집어 들고는, 홍혜화에게 달려가 당부한 뒤 그대로 저택을 떠났다. 그 모습을 보고 레드가 짜증 난 투로 노인을 다그쳤다.

"이봐, 노인네! 아까 그 말이 뭐야? 우리한테만 기회를 준다며!"

노인을 위한 금고는 없다

"아, 그랬지. 너희만 할 수 있는 조건을 준다고 했었지…"

노인은 수건으로 손을 감싸며 히죽 웃었다. 곧, 서늘한 눈빛으로 홍혜화를 노려보며 말했다.

"저년을 죽여버려."

깜짝 놀라는 세 사람! 곧, 홍혜화가 비명 같은 소리를 내질렀다.

"뭐, 뭐라는 거야!"

사정없이 흔들리는 홍혜화의 두 눈이 나머지 두 남자에게로 향했다. 자신을 바라보는 그들의 눈과 마주친 홍혜화는 비명을 질렀다.

"뭐예요? 미쳤어요!"

"으음…"

"윽!"

인상을 찌푸리며 고민하던 블랙이, 돌아서 노인에게로 가 말했다.

"중지를 잘라 주십시오."

그는 이미 자신이 알고 있는 중지의 금고로 향할 생각이었다. 노인은 블랙을 가만히 바라보다가, 피식 웃었다.

"그래도 돈 때문에 사람 죽이는 쓰레기까지는 아니란 건가? 최무정."

블랙의 눈이 부릅떠졌다.

"어, 어떻게…"

블랙은 갑자기 자신의 이름이 불리자 당황했다. 이 노인이 어떻게 내 이름을 안단 말인가?

노인은 담담하게 말을 이었다.

"자네도 역할이 있었지. 김 변호사가 저들을 설득하려면 자네가 필요했을 거야. 전문가도 없이 저택에 침입해 금고를 턴다는 건 말이 안 되니까… 자네 덕분에 의심을 덜 수 있었어."

"그, 그게 무슨…"

최무정의 두 눈이 흔들릴 때, 더 놀란 홍혜화의 목소리가 터져나왔다.

"자, 잠깐만! 김 변호사라고?"

떨고 있는 홍혜화를 본 노인이 기쁘게 웃었다.

"그래! 김 변호사! 너에게 내 유산이 전액 기부될 것이라고 알려주었다가, 다시 너를 찾아가 도둑질을 하자고 제안한 그 김 변호사 말이야!"

"마, 말도 안 돼!"

"김 변호사가 자네들을 이 무대까지 올리느라 정말 수고가 많았지! 안 그래, 김남우 변호사?"

최무정과 홍혜화의 고개가 레드에게로 급히 돌아갔다. 우두커니 서서 바닥을 보고 있는 레드에게로 말이다.

"…"

"당신, 설마!"

레드, 김남우가 천천히 가면을 벗었다.

"아아!"

"뭐야? 뭐냐고!"

노인을 위한 금고는 없다

최무정과 홍혜화는 대혼란에 빠졌다. 이게 무슨 상황이지? 이게 도대체?

곧 정신을 차린 최무정이 득달같이 달려들어 김남우의 멱살을 붙잡았다!

"이게 어떻게 된 일이야? 당신이 저 영감이랑 한 패라고?"

"…"

대답 없는 김남우 대신, 노인의 입이 열렸다.

"그는 내 일을 도왔을 뿐이야."

"뭐?"

최무정과 홍혜화가 돌아보자, 노인은 홍혜화를 노려보며 담담히 말했다.

"내 복수를 말이지."

"아!"

"솔직히 말해서, 나는 혜화 너를 끝까지 의심하고 싶지 않았다. 모든 정황이 너를 가리키고 있더라도, 어쩌면 네가 아닐 거라고 믿고 싶었어. 틀렸지. 네가 맞더구나."

"아…"

"난 참 어리석게도, 그래도 너를 한 번 더 용서해보고 싶었어. 네 뜻이 아닐 거다, 너와 붙어 다니는 그놈 때문에 어쩔 수 없이 그렇게 따라야 했을 것이다, 라고 말이야. 그것도 아니었네?"

노인은 입술을 비틀어 자조 섞인 웃음을 흘렸다. 곧, 충혈된 눈으로 톤을 달리했다.

"생각해봤다. 어떻게 복수를 해야 할까? 어떻게 복수를 해야 내 기분이 풀릴까? 그래! 너희들이 좋아하는 돈! 돈을 이용하기로 했지. 돈 때문에 나를 죽이려 했으니, 돈 때문에 죽게 만들면 되는 거야!"

홍혜화의 안색이 새파랗게 질렸다. 한데 그 순간, 최무정이 다급히 끼어들었다.

"자, 잠깐만! 그럼 100억 금고 이야기도 모두 거짓말이라고?"

그에게 중요한 건 돈이지, 노인의 복수 따위가 아니었다.

노인은 단호히 말했다.

"돈은 내 명예고, 내 인생이다. 나는 돈으로 거짓말을 하지 않는다. 금고 속 100억은 모두 진실이다."

홍혜화와 최무정은 의외라는 듯 놀랐다. 한데, 이어지는 노인의 말은 그들의 두 눈을 부릅뜨게 했다.

"단, 금고를 열자마자 폭탄이 터지도록 설계되어 있다. 그렇게나 좋아하는 돈과 함께 폭사하겠지."

"뭐?"

"아?"

멍해진 두 사람의 얼굴이 순간, 확 일그러졌다.

"이, 이런 미친!"

"어, 어떡해! 오빠! 우리 오빠!"

홍혜화는 먼저 금고를 찾아 떠난 블루가 생각나 급히 핸드폰을 집어 들었다. 한데 그 순간, 노인이 크게 외쳤다.

"지금! 조건을 하나 걸겠다!"

노인의 고함에 움찔하는 그들! 노인은 정확히 홍혜화의 핸드폰을 가리키며 말했다.

"금고 중에는 안전한 금고가 있다! 거기엔 폭탄이 들어 있지 않아서 돈만 챙길 수 있다!"

"아!"

"혜화 네가 지금 그놈에게 전화를 걸어 살린다면, 안전한 금고는 저 도둑 최무정에게 주겠다. 하지만 네가 그놈을 살리지 않는다면… 네게 안전한 금고를 알려주겠어."

노인은 홍혜화를 바라보며 환하게 웃었다.

"너에게 선택할 기회를 주는 거야. 100억이냐, 그놈이냐."

"아… 으…"

홍혜화의 두 눈이 흔들렸다. 최무정의 다급한 시선이 홍혜화에게로 향했다. 노인은 결정을 내리지 못하는 홍혜화를 보며 김남우를 가리켰다.

"고민된다면 김 변호사에게 물어봐. 이 기회는 아까 김 변호사에게도 주었던 거니까."

둘의 시선이 급히 김남우에게로 향했다. 김남우의 얼굴은 딱딱하게 굳어 있었다.

"김 변호사가 내 일을 돕는 대신에, 본인의 복수도 끼워달라고 하더군. 자신의 약점을 쥐고 있는 애증의 여인을 죽여달라고 말이야."

"…"

"하지만 나는 그에게도 용서할 수 있는 기회를 주었어. 게임 도중에 안전한 금고가 있다는 걸 알려주었지. 김 변호사가 그럴

151

마음만 먹었다면… 자신의 아내를 살릴 수 있었을 거야."

"…"

김남우의 굳은 얼굴이 바닥에 고정되었다.

"하지만 그는 100억 원을 선택했지. 나는 그의 결정이 무척 현명했다고 생각해. 어때? 혜화 너는 어떻게 생각해? 100억이야, 사랑이야?"

"아…"

홍혜화의 얼굴이 흔들렸다. 그러나, 핸드폰을 쥔 손은 움직이질 않고 있었다. 다급해지는 건 최무정이었다.

"이, 이봐. 아가씨! 남자친구를 죽일 셈이야? 어? 아가씨 살인마야?"

"아, 아니. 난…"

고개를 흔들면서도, 홍혜화는 전화를 걸지 않았다.

"어서 전화를 걸어서 남자친구를 살리라고! 뭐해?"

"아, 아니… 으…"

"뭐하냐니까! 어!"

최무정의 압박에도 홍혜화는 갈등만 할뿐, 전화를 걸지 않았다. 당황한 최무정이 마구잡이로 그녀를 더 몰아붙였지만 끝내, 눈을 질끈 감은 홍혜화가 꽥 소리 질렀다.

"싫어요!"

"뭣!"

최무정의 두 눈이 휘둥그레지고, 홍혜화가 외쳤다.

"전, 전화를 하지 않겠어요!"

노인을 위한 금고는 없다

"이런, 씨! 당신 미쳤어?"

그녀의 모습을 본 노인의 얼굴에 더할 나위 없는 만족이 피어 났다.

"하… 훌륭하군."

노인은 고개를 끄덕이며 너그럽게 말했다.

"괜찮다, 혜화야. 전화해서 살려주거라. 그래도 혜화 너에게 정보를 줄 테니까."

"!"

"괜찮다니까?"

홍혜화는 반신반의하는 얼굴로 망설이다, 급히 전화를 걸었 다. 한데,

[고객님의 전화기가 꺼져 있어…]

홍혜화의 눈이 커졌다. 노인의 얼굴에서 만족스러운 웃음이 터졌다.

"아아아! 이젠, 정말로 가장 기쁘군! 아픈지도 모르겠어! 하 하, 어쩌지 혜화야? 그는 100억을 혼자만 가지고 도망갈 생각인 것 같은데?"

"아? 아니…"

"네가 그를 배신하기 전에, 그가 이미 너를 배신했었구나. 좋 은 모습이야. 좋은 광경이야."

홍혜화의 몸이 부들부들 떨렸다. 노인이 부드럽게 그녀를 불 렀다.

"정보 받아가야지? 너도 잘 아는 곳이야."

홍혜화는 충격에 빠져 있다가도, 정보라는 단어에 깜짝 홀린 듯이 노인을 향해 다가갔다. 노인은 그녀에게 메모를 건네주며 속삭였다.

[안전한 금고가 있는 그곳은, 네 어미의 묘다.]

혜화의 눈이 놀라 커질 때, 노인이 곧바로 자신의 엄지를 잘라버렸다.

"꺅!"

기겁한 혜화가 뒤로 물러났지만, 노인의 다음 말이 그녀를 정신차리게 했다.

"어서 열쇠를 가져가는 게 좋지 않을까, 혜화야?"

"아… 아!"

홍혜화는 덤벼들듯이 잘린 손가락을 집어 들었다. 그리고 다른 두 남자의 눈치를 보다가, 황급히 저택을 빠져나갔다. 그 모습을 지켜보던 최무정의 몸이 움찔할 때, 노인의 목소리가 들렸다.

"뭐해? 내가 아까 말한 조건을 잊어버린 거야?"

"…"

"잊었어? 내가 아까 저년을 죽이면, 정보를 주겠다고 했잖아? 난 지금, 그 정보를 미리 건네주었다고 생각하는데?"

"…"

최무정의 두 눈이 사정없이 흔들렸다. 잠시 뒤, 이를 악문 최무정이 벼락같이 저택 바깥으로 달려나갔다.

횅한 저택에 단 둘이 남겨진 김남우와 노인 사이에 침묵이 흘

노인을 위한 금고는 없다

렸다. 노인은 가만히, 자신의 가운데 손가락을 잘라버렸다.

"수고했네. 안전한 금고는 두 개야. 하나는 자네가 가져야지."

"아…"

"이제 그만… 마무리를 좀 해주겠나? 쉬고 싶군…"

굳은 얼굴의 김남우가 품에서 주사기를 꺼내 들고 노인에게 다가갔다.

"금고의 위치는 자네 사무실 지하야…"

"…"

"아파… 너무 아파… 쉬고 싶어… 힘들어…"

김남우는 굳은 얼굴로 인사했다.

"수고하셨습니다."

김남우가 노인의 몸에 주사를 놓았다.

"아아아…"

"…"

김남우는 복잡한 시선으로 노인을 바라보다가, 바닥의 손가락을 주워들고 저택을 떠났다.

．
．
．

"하아…"

홀로 남겨진 노인의 몸이 가늘게 떨렸다. 성한 손으로 품을 뒤적거린 노인이 반지 케이스를 꺼냈다. 그 안의 다이아몬드 반지를 빼든 노인은 부들부들 떨리는 손으로, 약지만 남은 피투성이 손가락에 반지를 끼웠다.

"인생은 혼자야…"

노인의 눈이 감겼다.

그녀들을 관찰하는 것은 정말 재미있다

나는 그녀들에게 무척 관심이 많다.

한창 피어날 때인 걸그룹 연습생들을 가까이서 보다 보면, 누구라도 나와 같은 마음일 것이다. 하지만 나는 그녀들에게 무관심한 척했고(가끔은 일부러 무시하기도 했다), 그 덕분에 오히려 그녀들을 계속 관찰할 수 있었다. 왜냐하면, 내가 그녀들의 '합숙소 관리인'이기 때문이다. 내가 이곳에 배정받기 전에 있던 관리인이, 그녀들에게 과도한 관심을 표출하다가 교체되었다는 사실을 뒤늦게 알았다. 여자를 대하는 데 어려움을 느끼던 내 성격이 전화위복이 되어 나를 합격점에 놓이게 했던 것이다.

합숙소 관리인이라는 거창한 명칭과는 다르게, 내가 하는 일이라고는 단순 보안 업무가 다였다. 한가한 만큼 그녀들에게 관심을 가질 수밖에 없었다. 물론, 겉으로는 무관심한 채로.

현재 이 합숙소에서 숙식하고 있는 연습생은 총 아홉 명이었다. 그러나 그들 모두가 데뷔할 수 있는 건 아니었으니, 실은 그들 사이에 치열한 경쟁이 벌어지고 있는 셈이었다. 게다가 그들의 사정은 여타 소속사의 연습생들과는 달랐다. 국내 굴지의 대기업 '보근그룹'이 처음으로 연예계에 뛰어들어 걸그룹을 만드는 것이어서, 어마어마한 지원이 이루어질 거란 소문이 파다했다. 이 합숙소에서 걸그룹으로 데뷔만 하면 앞으로 탄탄대로가 펼쳐지는데, 어찌 치열하지 않을 수가 있겠는가?

그래서 그녀들을 관찰하는 건 재밌었다.

가장 재밌는 건 역시, 연습생 임여우였다. 그녀는 스물한 살로 아홉 명 중 가장 나이가 많았고, 또 가장 처음 이곳으로 뽑혀 들어온 친구였다. 분위기상 이미 그녀는 새로 만들어질 그룹의 리더로 내정되어 있었다. 모두가 암묵적으로 그녀를 리더로 인정하고 친해지고 싶어 했지, 일부러 거스르려는 사람은 없었다. 내가 재밌어하는 건, 그 모든 분위기를 만든 사람이 바로 그녀 본인이라는 점이다.

그녀는 외모도, 가창력도, 매력도 딱히 없는, 특출한 게 없는 친구였다. 다만, 그녀는 정치를 아주 잘했다. 합숙소 내에 파다하게 퍼져 있던, 그녀가 리더로 내정되어 있다는 소문도 전부 그녀가 퍼뜨린 것이었다. 회사에서는 단 한 번도 그런 말이나 뉘앙스를 내비친 적이 없었다. 그런데도 그녀가 어떻게 그런 분위기를 만들어냈는지를 보면, 정말 감탄이 절로 나왔다.

그녀는 자신의 많은 나이를 단점이 아닌 장점으로 생각했다.

오히려, 일부러 더 늙어 보이도록 큰언니 역할을 자처했다. 고작 스물한 살 주제에 그녀가 입에 달고 사는 말들은 이랬다.

"아유… 내가 나이가 많아서…"

"아유… 어려서 좋겠다! 난 나이가 많으니까…"

"어휴… 이 나이 먹고 이런 걸…"

게다가 그녀는 자꾸만 리더 자리를 떠넘기는 질문을 해댔다.

"와, 이걸 벌써 다 했어? 넌 정말 똑 부러지게 잘한다! 너처럼 똑소리 나는 애가 리더를 해야 하는데 말이야. 그렇지?"

"어쩜 그렇게 말을 재밌게 하니? 비결이 뭐야? 에휴, 너처럼 말 잘하는 애가 리더를 해야 하는데… 안 그래?"

"우리 혜화는 보면 볼수록 예뻐. 너처럼 예쁜 애가 리더를 해야 하지 않을까? 그렇지 않아?"

그녀가 이렇게 말해 오는데, 상대가 뭐라고 답할 수 있겠는가? 덥석, "예. 제가 리더 해야죠!"라고 말할 수 있을까? 그럴 수 없다. 백이면 백,

"아니에요! 언니도 똑 부러지게 잘하시는데요, 뭐."

"에이, 언니가 더 말 잘하시잖아요!"

이렇게 대답할 수밖에 없다. 또 그녀는, 나이를 이용해 다른 연습생들을 자연스레 평가했다. 본인도 같은 연습생 신분인데도 불구하고.

"혜화야, 춤이 좋아졌네? 골반만 더 신경 쓰면 되겠다."

"진주는 이번에 머리 잘됐네. 그 스타일이 제일 낫다."

단순히 나이가 많으니 할 수 있는 말이라고 생각할 수도 있겠

지만, 경쟁 상대인 연습생끼리 할 말은 아니다. 이런 것들이 은연중에 어떤 분위기를 만들었다. 거기에 더해, 그녀는 대표로 나서는 걸 자처했다. 연습생들의 불만 사항 같은 게 모이면 무조건 그녀가 총대를 메고 나섰다. 그중 내가 기억하는 결정적인 사건이 하나 있다.

내가 정수기를 고치기 위해 식당에 있을 때, 주방 아주머니와 임여우의 대화를 듣게 되었다. 그 당시 주방 아주머니는 위생 관리를 제대로 못 해 해고를 딩하게 된 모양이있다. (실장이 어렵게 모셔 온 보컬 트레이너의 국에서 벌레가 나왔다고 한다.)

아주머니는 친분을 유지하고 있던 그녀에게 부탁했다.

"여우야, 네가 한 번만 잘 말해줘! 응? 나 여기서 잘리면 진짜 안 돼! 우리 애들은 누가 키워!"

그녀는 알겠다며, 자신이 말해볼 테니 안심하라면서 고개를 끄덕여 보였다. 한데, 그날 오후 보게 된 그녀의 모습은 내 두 눈을 의심케 만들었다. 연습생들을 모아놓은 자리에서 그녀는 말했다.

"우리 식당 좀 너무하지 않아? 주방이 훤히 보이는데도 그렇게 더럽게 하고 있으니까 밥맛도 떨어지고!"

그동안 주방 위생에 불만이 있었던 연습생들이 "맞아요! 그래요!"라며 호응했다. 그러자 그녀는 이렇게 말했다.

"안 되겠다. 내가 가서 말하고 올게! 실장님한테 가서 주방 문제 좀 해결해달라고 똑똑히 말해야겠어!"

그녀의 말에 연습생들은 놀랐다. 슈퍼 을인 연습생이, 데뷔 엔트리에 들기 위해 안간힘을 써야 하는 이 상황에서 불만을 토로한다는 건 감히 상상할 수 없는 일이었다.

한데 그녀는 곧바로 실장실을 방문했다. 그곳에서 그녀가 무슨 말을 했는지는 모르겠다. 하지만 돌아온 그녀는, 자신이 멋지게 교섭을 이루어낸 것처럼 당당하게 말했다.

"내가 해결하고 왔어! 실장님이 식당 아줌마, 바로 해고하신대!"

"정말이에요? 와, 언니 대단하다!"

이 사건으로 연습생들은 그녀의 존재감을 새삼 느꼈을 것이다. 실제로 당장 식당 아주머니가 교체되었으니까. 이런 식으로 조금씩 조금씩, 연습생들 사이에서 '임여우 리더 내정설'을 기정사실화하는 데 성공한 임여우는, 자신의 위치를 공고히 하기 위해 다음 단계를 밟았다.

홍혜화와 장진주. 이 두 연습생을 곁에 둔 것이다.

그 둘은 나도 주목하고 있던 친구들이었다. 만약 나한테 데뷔 멤버를 결정하라고 한다면 저 둘은 무조건 넣어야겠다고 생각할 정도로 예뻤기 때문이다.

홍혜화는 꽃이었다. 아홉 명 중 독보적으로 아름다운 외모를 가지고 있었고, 현역 아이돌 중 누구를 갖다 대도 절대 꿀리지 않을 외모의 소유자였다. 홍혜화를 데뷔 엔트리에 넣지 않는다는 건 상상할 수도 없는 일이었다. 아마 거기에 대해선 회사도, 다른 연습생들도 똑같은 의견일 것이다.

장진주는 매력적인 친구였다. 홍혜화처럼 전형적인 미인상은 아니었지만, 보면 볼수록 사람을 끌어당기는 매력이 있었다. 흔하지 않은 미인상이라고나 할까? 게다가 행동거지에 귀여운 구석이 있어서, 사랑스러운 포지션을 훌륭하게 소화해낼 친구였다.

임여우는 그 둘을 노골적으로 편애했다. 또한 항상 그 둘과 무리를 이루어 다니면서 후광효과를 톡톡히 봤다. 다른 연습생들이 보기에는 사실상 데뷔 확정 멤버를 보는 기분이었을 것이다. 만약 데뷔 엔트리가 다섯이라면 저 셋과 두 명, 일곱이라면 저 셋과 네 명, 이런 식으로 말이다.

반면, 임여우가 노골적으로 무시하는 연습생도 있었다. 송서선이라는 친구로, 굳이 따지자면 외모보단 보컬 쪽에 강점이 있는 친구였다. 객관적으로 따지자면 아홉 명 중에 가장 노래를 잘했지만, 그게 소름 끼칠 정도의 수준 차이는 아니었다. 내 기준으론 탈락 후보 1순위인 친구였는데, 그건 임여우의 눈에도 그랬을 것이다. 물론 대놓고 무시하지는 않았지만, 임여우가 먼저 말을 거는 일은 드물었다. 시간을 낭비하지 않는다는 느낌이었다.

임여우의 태도는 다른 연습생들에게도 전염되었고, 그 때문에 송서선은 홀로 있는 시간이 많아졌다. 그러던 어느 날, 그 무시가 괜한 짓이 아니었다고 여겨질 만한 사건이 벌어지고 말았다.

어느 날 아침. 연습생들이 안무실 문을 열고 들어갔는데, 한쪽 거울 벽에 붉은 색으로 커다란 글씨가 적혀 있었다.

[임여우 쌍년! 실장한테 몸 팔고 들어왔다며? 더러운 년! 그렇게 아이돌이 되고 싶었어?]

임여우라는 권력자를 향한 연습생의 첫 반란이었다. 출입이 자유롭지 않은 이 합숙소에서, 이게 누구의 소행일지는 뻔한 일이었으니까.

내가 안무실에 도착했을 때, 연습생들은 모두 임여우의 눈치만 살피고 있었다. 반면 임여우는 놀라울 정도로 침착했다.

"지워주세요. 연습해야 하거든요."

"아, 네."

나는 거울 벽의 문구를 지우며 임여우를, 그리고 연습생들을 관찰했다. 임여우는 평소처럼 거울에 비친 모습을 점검하며 아이들에게 말을 걸었고, 연습생들은 자연스러운 척했지만 어딘가 경직된 말투로 조심스레 대응했다. 그때, 나는 포착해냈다. 임여우가 멀리 떨어져 있는 송서선을 자꾸 힐끔거리는 것을.

송서선의 표정은 불안해 보였다. 제 발이 저린 표정 같기도 했고, 억울하게 당할까 봐 겁내는 표정 같기도 했다.

이 일로 송서선에 대한 무시는 더욱 노골적으로 변해갔다. 다른 연습생들도 마치, 자신이 범인이 아님을 증명하려는 것처럼 대놓고 송서선을 무시했다. 그럼에도 불구하고, 누구 하나 네 짓이냐고 묻지 않기에 송서선은 변명도 할 수 없었다.

누굴까? 정말 송서선이 범인일까?

사실 난 문구를 지우고 나오자마자 곧바로 합숙소 내의 휴지통을 뒤졌다. 붉은색 래커는 찾을 수 없었지만, 붉은색을 닦아낸 흔적이 남은 안경 닦이는 발견할 수 있었다. 내가 알기로 안경을 쓰는 연습생은 몇 없었고, 송서선은 안경을 쓰는 연습생이었다. 그러나 내가 순간적으로 소름이 끼쳤던 이유는, 임여우 역시 안경을 쓴다는 점이 떠올랐기 때문이다. 설마 그럴 이유가 있을까 싶었지만, 얼마 뒤에는 혹시 그럴 이유가 있을지도 모른단 생각이 들었다.

"얘기 들었다. 여우가 나랑 뭐? 누가 썼는지는 모르겠지만, 정말 불쾌하다. 도대체 나를 어떻게 보고!"

소문이 실장의 귀에 들어간 것이다. 연습생들을 한데 불러 모아 이야기하는 실장 앞에서 모두가 고개 숙이며 면목 없어 할 때, 오직 임여우만이 당당할 수 있었다. 나는 그때, 임여우와 실장 사이에 어떤 유대감이 형성되는 걸 느꼈다.

이걸 노렸던 걸까? 이게 정말 임여우의 계략이었다면, 그녀는 역시 엄청난 지략가였다. 어쩌면 그런 소문 때문에 실장이 임여우를 더 멀리하게 될지도 모를 일 아닌가? 하지만 임여우는 실장을 정확히 파악했다. 정말로 이게 그녀의 계략이었다면 말이다.

이 사건으로 임여우는 독보적인 데뷔 권력을 공고히 다졌고, 이후 은연중에 실장발 정보를 퍼트리기까지 했다.

"치치 그룹이 여섯 명이잖아. 보니까 실장님이 치치 그룹을 롤모델로 잡으시려는 것 같던데."

"만약에 6인으로 구성한다면, 보컬은 몇이나 넣지?"

"우리 이번 안무는 6인 버전으로 연습해보자."

공식적인 이야기도 아니었건만, 어느새 연습생들은 데뷔 멤버가 여섯 명일 거라고 확신하게 되었다. 그렇다면 아홉 명 중 세 명이 떨어진다. 송서선을 제외한다 쳐도 두 명은 낙오. 그것이 그녀들을 불안하게 했고, 더욱더 임여우에게 매달리게 했다.

그녀들을 관찰하는 것은 정말 재미있다

"언니! 오늘 너무 예쁜 거 아니에요?"

"진짜 언니가 내 친언니였으면 좋았을 텐데…"

"이거 핀 귀엽죠? 언니도 하나 가질래요?"

임여우는 거부하지 않고 누렸다. 그러면서도 그 누구도 편애하지 않았다. 물론, 홍혜화와 장진주는 제외하고.

단 한 명의 반골, 송서선만이 임여우에게 알랑방귀를 꾸지 않았다. 사실상 거울 벽 테러 사건 이후로 왕따 상황이었고, 알랑방귀를 꾼다고 처지가 바뀔 것 같지도 않았으니까. 그녀를 경쟁자로 생각하는 이들조차도 없었다. 그럼에도 불구하고 송서선은 포기하지 않았다. 누구보다 열심히 연습했고, 늦은 밤에도 홀로 연습하는 모습이 종종 눈에 띄었다.

그리고 시작된 그녀의 반란.

"여우언니, 왜 이렇게 춤이 안 돼요? 언니 때문에 진도가 안 나가잖아요. 헛연습 하는 것 같아요, 정말."

"뭐?"

송서선은 대놓고 임여우를 적대했다. 아주 직접적으로 말이다. 임여우가 황당하다는 눈빛으로 송서선을 노려봤지만, 송서선은 그 눈길을 피하지 않았다. 할 말을 잃은 임여우 대신, 추종자들이 나섰다.

"무슨 말을 그렇게 해?"

"내가 틀린 말 했어? 도대체 몇 번을 다시 해야 하는 거야? 굳이 한 명한테 이렇게까지 맞춰줘야 해?"

"어머 어머!"

그녀의 이런 행동이 자포자기 때문이었는지 뭐 때문이었는지는 모른다. 어쨌든 그녀는 모두와 완전히 척을 지는 듯했다. 한데, 반전이 일어났다.

"공지할 게 있다. 이번에 오디션 출신 연습생이 세 명 합류한다. 너희도 〈슈퍼케이팝〉에서 봤으려나?"

유명 오디션 프로에서 이미 인지도를 얻은 참가자들이 중간 합류한 것이다. 재밌는 것은, 그들 중에 송서선의 동창생 길궁경이 있었다는 거다.

"반가워, 서선아! 너 여기 있다는 얘기 듣고 얼마나 기뻤는지 몰라!"

낙동강 오리알 신세였던 송서선은 자연스럽게 오디션 그룹에 합류했다. 곧바로 임여우를 중심으로 한 기존 멤버 8인과 오디션 그룹 4인 간의 신경전이 펼쳐졌다. 기존 멤버들로서는 특채처럼 중간 합류한 그들이 마음에 들지 않았고, 오디션 출신 멤버들도 군이 적대심을 보이는 상대와 잘해볼 생각이 없었다. 무엇보다 그동안 송서선이 받아왔던 대우가 길궁경을 화나게 했다. 한 성격 하는 길궁경은 오디션 그룹의 리더였고, 동창 송서선이 당한 일을 절대 참고 넘어가지 않았다.

"시대가 어떤 시대인데 왕따질이야? 요즘 아이돌은 인성 보고 뽑는다던데… 누구들은 글렀네, 글렀어."

그녀는 노골적으로 거친 말을 내뱉고 다녔다. 당연히 임여우 무리도 가만있지 않았다.

"흥! 이상한 헛소문이나 퍼뜨리고 다니니까 그렇지! 성 접대

그녀들을 관찰하는 것은 정말 재미있다

라니? 머릿속에 그런 생각만 있는 사람 인성은 좋고?"

초반에는 두 세력이 하루가 멀다 하고 충돌하기만 했다. 노골적인 욕설이 오갔고, 옷을 찢어놓는다거나 씹던 껌을 뱉어놓는 등 악의 섞인 짓들이 난무했다. 하지만 얼마 뒤, 합숙소의 분위기가 묘해졌다. 실장의 태도 때문이었다.

"궁경아. 네가 오디션에서 했던 팝들 있지? 우리 콘셉트를 그런 쪽으로 잡아보려고 하는데, 걸그룹 버전으로 가능할까?"

"얼마든지 가능하죠. 해볼게요!"

합숙소 생활 1년 만에 처음으로 실장이 원하는 걸그룹의 그림이 공개되었고, 그 중심에 길궁경이 있었다.

정말 분위기가 묘하게 돌아가기 시작했다. 이렇게 되면 누가 봐도 길궁경은 데뷔 멤버 확정이었다. 사실, 내가 보기에도 길궁경은 뛰어난 연습생이었다. 인지도부터 외모와 가창력, 시원시원한 성격, 거기에 싱어송라이터의 재능까지. 괜히 중간에 스카우트했겠는가?

게다가 힘을 얻은 길궁경은 거침이 없었다. 그녀의 귀에 임여우가 퍼트린 데뷔 멤버 여섯 명 설이 들어가자마자, 그녀는 잘라 말했다.

"흥! 데뷔 멤버가 여섯 명이라고? 그럼 이제 두 자리 남았겠네?"

"…"

연습생들은 고민했을 것이다. 길궁경에게 그런 권한까지 있을까? 콘셉트야 전적으로 맡긴다 쳐도, 데뷔 멤버 선택권까지?

나는 이 상황이 너무나 흥미로웠다. 절대 무너지지 않을 것 같았던 임여우의 왕국에 금이 가고 있었다.

"딴 건 몰라도 리더는 여우언니겠지?"

"글쎄… 요즘은 나이가 어려도 리더 하는 경우가 있잖아."

"근데 길궁경이 여우언니를 완전 극혐 하던데… 여우언니는 어쩌지? 이번에 연습하는 노래가 중간 평가라는 말도 있던데…"

"글쎄? 근데 어차피 여우언니, 춤도 노래도 좀 안 되긴 했잖아. 파트가 적게 나오더라도 뭐…"

임여우가 없는 자리에서 연습생들의 대화를 훔쳐 듣는 건 너무나도 재밌는 일이었다. 나는 합숙소 곳곳에서 그녀들의 여론을 수집했다. 그 과정에서 재밌는 존재를 발견했는데, 바로 송서선이었다. 의외로, 송서선이 임여우 무리에게 먼저 다가가고 있었던 것이다.

"지혜야, 너 기타 칠 줄 알지? 경이가 기타 치는 사람 있나 물어보던데, 한번 가봐."

"응? 어? 그, 그래?"

"민지야. 너 허스키한 톤이 원곡자랑 비슷하잖아. 나랑 후렴구 화음 맞춰볼래?"

"어? 응… 그럴까?"

"소영아, 너랑 궁경이랑 둘 다 키가 크니까, 같이 춤 좀 맞춰보면 좋지 않을까?"

"그래? 길궁경이 그렇게 말했어?"

그녀들을 관찰하는 것은 정말 재미있다

나는 송서선이 거의 모든 연습생에게 접촉하는 걸 확인했다. 딱 세 명, 임여우와 홍혜화, 장진주를 제외하고서 말이다. 송서선의 목적은 그들의 고립일 게 뻔했고, 그 결과는 식당에서 나타났다. 네 명뿐이던 오디션 그룹의 식탁 인원수가 일곱 명으로 늘어난 것이다.

"그래서 어떻게 됐냐면… 깔깔깔!"

"궁경아! 너 연예인들 다 만나봤을 거 아니야. 실물로 보면 어때?"

"세상에! 그게 정말이야? 어머!"

그 테이블은 화기애애했다.

그때, 임여우가 식당으로 들어왔다가 굳은 얼굴로 나가는 모습을 목격했다. 그 뒷모습을 보며 나는 무척 기뻤다. 시간이 흐를수록 임여우의 왕궁은 더욱 빠르게 무너질 것이다. 과연 그녀가 가만히 당하고만 있을까? 그 임여우가? 내가 아는 임여우라면, 분명히 재밌는 일을 벌일 것이다. 그 일이, 나는 너무나도 기대됐다.

그때까진, 설마 내가 그 계획의 출연자가 될 줄은 꿈에도 몰랐으니까…

하지만 아직은, 그녀에게 이 상황을 반전시킬 만한 힘이 없었다. 그녀의 손발이었던 홍혜화와 장진주마저 이렇게 말할 정도였다.

"여우언니, 그래도 다 같은 소속사인데 언제까지 이럴 순 없잖아? 우리가 먼저 다가가야 하는 게 아닐까?"

"맞아. 우리가 먼저 적극적으로 나서면 오해도 다 풀릴 거야. 서로 미워해서 남는 게 뭐가 있겠어?"

"…"

아름다운 얼굴만큼이나 아름다운 말들이었지만, 임여우에게는 얼마나 속이 뒤틀리는 말이었을까? 하지만 역시 임여우. 그녀는 얼굴에 화사한 미소를 띠었다.

"서로 미워하고 말고 할 게 뭐가 있니? 나 궁경이 팬이야! 내가 그 오디션 프로그램을 얼마나 챙겨 봤는데!"

"아…"

"가서 사인해달라고 하면 언니가 좀 없어 보일까? 호호."

"역시 여우언니는 참 착해! 헤헤."

셋 중 가장 먼저 길궁경에게 다가간 사람도 임여우였다. 그녀는 자신이 진작부터 팬이었음을 자처하며, 저자세로 분위기를 맞췄다. 그에 화답한 길궁경은 확실히 성격이 시원시원했다.

"스물한 살이라고 했죠? 말 편하게 하세요. 앞으로 언니라고 부를게요. 여우언니!"

"그래, 궁경아!"

임여우는 송서선에게도 먼저 말을 걸며 신경을 썼다. 겉으로 보기엔 드디어 열두 명의 연습생이 하나로 화합한 듯한 모습이었다. 그 웃음 속에 숨겨진 각자의 생각이야 알 수 없었지만 말이다.

그리고 이때, 임여우가 내게 접근했다.

"항상 감사드려요. 이것 좀 드세요."

　　　　　　그녀들을 관찰하는 것은 정말 재미있다

"예? 아, 예. 감사합니다."

그녀가 건네주는 음료를 받으며 나는 몹시 당황했다. 사실, 이 합숙소에서 나는 정말로 투명인간 같은 존재였다. 나는 그냥 경비 NPC일 뿐이었고, 누구도 내게 사적으로 말을 걸지 않았다. 당연한 일이었다. 남자와 엮이는 일 자체가 그녀들에겐 마이너스였으니까. 그녀들에게 과한 관심을 보이다가 잘린 내 전임의 사례만 보아도, 회사의 방침은 명확했다. 그런데도 임여우는 계속해서 나에게 말을 걸며 신경 써주었다. 이상했다. 알 만한 임여우가 왜 그럴까?

그녀의 눈에 내가 어떻게 보였는지 모르겠다. 어떤 일에 사용할 만한 하나의 도구처럼 보였을까? 아니면 얼뜨기로? 그렇지만 나는 절대로 그런 사람이 아니었다. 그녀들의 일에 무관심한 척을 해왔지만, 실은 누구보다 상황을 잘 파악하고 있는 게 나였다.

나는 그래도 상황을 관조하며 임여우가 하는 양에 맞춰주었다. 그녀가 내게서 원하는 반응을 상상하며 행동했다. 웃음을 원하는 것 같을 땐 웃어주었고, 때론 감격하는 표정을 지어 보이기도 했다. 친밀감을 원하는 것 같을 때에는 친밀해진 척을 했고, 몰래 그녀에게만 편의를 봐주는 모습까지 보여주었다. 겉보기에, 그녀와 나는 무척 가까워졌다. 아무도 없는 곳에서는 서로 편하게 대화를 나누기까지 했으니까.

"오빠! 오늘도 고생이 많아요."

"어! 여우야, 너도 고생해라."

나는 사람 좋아 보이는 얼굴로, 냉정하게 임여우를 관찰했다.

도대체 그녀의 목적이 무엇일까?

그 목적은 며칠 뒤에 밝혀졌다.

"오빠, 있잖아요. 술 좀 들여와줄 수 있어요?"

"뭐? 술?"

합숙소에서 절대 금기인 술을 들여와달라?

"곧 민지 생일이거든요. 좀… 안 될까요?"

"음…"

나는 고민하는 척하다가, 그녀의 요구대로 소주를 준비해주었다. 만약 들켰다간 내게도 문제가 생길 거란 걸 알고 있었지만, 도저히 참을 수 없었다. 임여우가 무슨 일을 벌일지 너무나도 궁금했다. 그리고 며칠 뒤 새벽, 드디어 사건이 벌어졌다.

경비실 창을 두드리는 소리에 놀라서 보니, 눈앞에 임여우가 있었다.

"너, 어떻게? 이 시간에 돌아다니면 안 돼, 너."

임여우에게선 술 냄새가 풍기고 있었다. 그녀가 잔뜩 취한 톤으로 말했다.

"오빠, 우리 시청각실에서 술 파티 했는데 뒷정리를 못 했거든요. 오빠가 뒷정리 좀 해주면 안 될까? 들키면 큰일 나, 우리…"

그녀는 술에 취해 몸을 가누지 못했다. 나는 알겠다며 그녀를 숙소로 돌려보낸 뒤에 시청각실로 향했다. 그러나 쓰레기봉투를 챙겨 들고 시청각실의 문을 열자마자, 함정에 빠졌음을 직감했다.

술 냄새로 가득 찬 시청각실 안에, 길궁경이 술에 취해 뻗어

그녀들을 관찰하는 것은 정말 재미있다

있었다. 다 벗은 상태로 말이다. 나는 그때 (스스로 생각해도 이상하지만) 이렇게 고민했다.

임여우의 계획이 뭘까? 내가 지금 길궁경을 덮쳐야 하나?

나는 일단 시청각실로 들어가 길궁경의 근처에 앉았다.

"…"

임여우는 나를 그렇게 판단한 걸까? 이런 상황이면 바로 덮칠 남자로? 내가 아무것도 하지 않으면 어쩌려고?

나는 잠깐이지만, 임여우의 계획대로 움직여보고 싶은 충동이 들었다. 하지만 그럴 순 없었다. 나는 얼른 내 겉옷을 벗어 길궁경을 덮어준 뒤, 그녀를 조용히 깨웠다.

"이봐요. 이봐요."

"으으음… 뭐야아아!"

술을 얼마나 마셨는지 정신이 없어 보이던 그녀는, 나의 얼굴을 빤히 쳐다보다가 화들짝 놀랐다. 나는 소리를 지르려는 그녀를 손짓으로 제지하며, 낮은 목소리로 말했다.

"쉿, 조용히. 무슨 일인지는 모르겠지만, 당신과 나는 오늘 만난 적이 없는 겁니다. 난 오늘 당신을 본 적도 없고, 이렇게 얘기를 한 적도 없습니다. 아시겠습니까?"

"…"

그녀는 떨리는 눈동자로 나를 올려다보았다. 나는 최대한 침착하게 말했다.

"트레이닝복을 가져오겠습니다. 날이 밝으면 나와서 아무 일도 없었던 것처럼 행동하세요. 다시 한 번 말하지만, 저는 오늘 당신을 본 적이 없습니다."

그녀는 침을 꿀꺽 삼키더니, 조용히 고개를 끄덕였다.

나는 트레이닝복을 가지러 가면서 생각해봤다. 앞으로 어떻게 될까? 길궁경이 바보가 아닌 이상 임여우의 함정이었음을 알게 될 것이다. 그럼 대놓고 따질 수 있을까? 그녀에게 아무 잘못이 없다고 해도, 이런 상황이 알려지는 것 자체가 그녀에게 피해가 간다.

내가 다시 돌아왔을 때, 그녀는 조금 정신을 차린 듯 보였다. 나는 트레이닝복을 건네준 뒤, 나뒹구는 술병들을 모두 챙겨서 시청각실을 나섰다. 문을 닫기 직전, 그녀의 모기만 한 목소리가 내 귀에 들렸다.

"고마워요."

"…"

그날 밤, 나는 쉽게 잠에 들지 못했다. 이걸로 끝일까? 내가 아무것도 하지 않음으로써 임여우의 목적은 실패한 걸까?

나는 불안했고, 다음 날 그 불안은 현실이 되어 다가왔다.

"어젯밤에… 시청각실에 갔었나?"

실장에게 불려간 나는 딱딱하게 굳어버렸다. 입이 열리지 않았다. 어디까지 알고 하는 말일까? 사실대로 다 말해야 할까?

"자네를 보았다는 목격자가 있는데… 길궁경과 함께 말이야."

"그건…"

"정말인가 보군. 나가보게. 조만간 다시 얘기하지."

나는 이를 악물고 고민했다. 지금 임여우 이야기를 해볼까? 장황하게 설명을 늘어놓을까?

하지만 그럴 수 없었다. 조리 있게 나를 변호할 자신이 없었다.

나는 일단 방을 나섰다. 실장이 무슨 얘기를 들었는지도 모르고, 아직은 직접적인 피해를 본 것도 아니니까.

안일한 생각이었다.

"저 경비가 말이야…"

"그러니까 길궁경이…"

이 좁은 합숙소에서 소문은 너무나 빨리 퍼졌다. 평소 나를 투명인간 취급하던 그녀들의 노골적인 시선이 느껴졌다. 임여우가 소문의 진원지일까? 그녀의 목적이 이것이었을까?

내가 일을 벌이든 말든 소문만 있으면 됐다. 사람들은 소문만으로 수많은 이야기들을 상상해낼 테니까.

나는 길궁경의 위기를 걱정했다. 어제 들었던 그녀의 마지막 말 때문이었는지도 모른다. 한데, 걱정해야 할 것은 길궁경이 아니라 바로 나였다.

실장의 핸드폰에 길궁경의 나체 사진이 전송된 것이다. 나는 그것이 임여우의 짓임을 직감했다. 하지만 실장의 생각은 달랐다.

"목적이 뭐지? 돈인가?"

"그게 무슨 말씀…"

실장이 나를 불러내 차가운 얼굴로 추궁했고, 나는 필사적으로 결백을 호소했다. 임여우가 술을 가져와달라고 한 일부터 밤의 일까지 모든 사실을 고백했지만, 실장의 반응은 똑같았다.

"그래서, 다른 사진들은 어디 있지?"

"사진을 찍은 적이 없다니까요! 없습니다!"

"솔직하게 말하게."

"아니, 정말로 저는!"

나는 삼자대면을 요청했지만, 실장은 일을 키우고 싶은 생각이 없어 보였다. 그가 원하는 것은 내가 갖고 있으리라 추정되는 길궁경의 누드 사진뿐이었다. 나는 정말 필사적으로 결백을 주장했고, 실장은 반신반의하는 얼굴로 날 풀어주었다. 하지만 난 예감했다. 이 사건으로 내 일자리가 사라지리란 걸. 그제야 머리가 차갑게 식으면서, 임여우의 계획이 선명하게 보였다.

이제 실장은 길궁경을 중용하기가 어려워졌다. 아이돌 데뷔 후에 사진이 퍼진다면? 그런 폭탄을 안고서 굳이 길궁경을 밀어줘야 할까?

나는 솔직한 심정으로 임여우에게 감탄할 수밖에 없었다. 그녀는 역시 대단한 여자였다.

다음 날, 합숙소의 분위기는 다시 묘해져 있었다. 길궁경이 임여우와 한바탕한 뒤라, 둘이 공존할 수 없다는 사실이 명확해졌기 때문이다. 그런 데다 임여우는 굳이 본모습을 숨기지 않았지만, 길궁경은 소문 때문에 그 당당하던 성격이 완전히 꺾인 상태란 것도 문제였다.

그 모습을 본 연습생들은 고민했다. 이제 기가 죽은 데다 이상한 소문까지 무성한 길궁경과 친해져야 하나? 아니면 임여우

그녀들을 관찰하는 것은 정말 재미있다

와 친해져야 하나?

확실한 건 저 둘이 함께 데뷔할 일은 없으니, 한쪽을 선택해야 한다는 것이었다. 혹여 데뷔하지 못할 쪽과 친하게 지냈다간 낭패 보기 십상이었다.

걸그룹의 콘셉트를 맡고 있는 길궁경은 무성한 소문에도 불구하고 여전히 데뷔 가능성이 있어 보였다. 그렇지만 정말로 누드 사진 때문에 데뷔가 무산되면? 차라리 홍혜화와 장진주를 단단히 잡고 있는 임여우한테 붙는 게 나을까?

이런 복잡한 사정들 때문에 합숙소의 분위기가 붕 떠 있었는데, 유일하게 임여우만이 활동적으로 움직이고 있었다. 나는 거기서 임여우의 저력을 확인했다. 그녀는 먼저 송서선에게 접근했고, 애교까지 떨어가며 환심을 사려 했다.

"난 한 번도 네가 안무실 낙서의 범인이라고 생각한 적 없어. 정말이야."

"…"

마찬가지로 다른 연습생들에게도 접근해, 길궁경을 철저하게 고립시켰다. 그녀는 걸그룹 데뷔라는 대의를 내세우며 화합을 강조했고, 그 역할을 자처하는 그녀의 모습은 확실히 리더처럼 보였다. 본래 자신의 롤을 찾아간 것이다.

나는 그 흐름 속에서 길궁경의 위치를 좇았다. 길궁경을 대하는 다른 오디션 출신들, 심지어 송서선의 태도에서도 미묘한 변화가 있었다. 마치, 예전에 송서선이 당했던 것을 이번엔 길궁경이 똑같이 당하고 있는 느낌이었다. 나는 그녀가 안타까웠지만 할 수 있는 게 없었다.

그런데 그때, 실장을 재평가하게 되는 일이 벌어졌다. 나는 그가 그냥 대기업 샐러리맨인 줄만 알았는데, 아니었다.

"갑작스럽겠지만, 걸그룹 데뷔 멤버를 발표하겠다."

그는 합숙소의 분위기가 붕 떠 있다는 것을 감지하자마자 깜짝 발표에 나섰다. 그리고 이어지는 그의 말.

"그룹의 리더는 길궁경이다."

충격적인 발언이었다. 모든 연습생이 놀랐지만, 특히 임여우는 한 번도 본 적 없는 얼굴을 하고 있었다.

나는 그녀의 표정을 보며 전율을 느꼈다. 그 임여우가 패배하다니! 그 임여우가 무너지다니!

한데,

"그리고 데뷔 멤버는… 열두 명 전원이다."

"네?"

"모두요?"

눈이 휘둥그레진 그녀들은, 곧 미친 듯이 함성을 내지르며 좋아했다. 서로 얼싸안고 눈물을 흘리기도 했다. 그중에는 임여우도 포함되어 있었다. 어린 소녀처럼 펑펑 눈물을 흘리며 옆 사람을 끌어안고 통곡했다.

그 모습을 보는 내 머릿속이 복잡해졌다. 이게 소녀들의 본모습인 걸까, 아니면 암계와 배신, 시기와 질투가 난무하던 그 모습이 본모습인 걸까?

그녀들을 관찰하는 것은 정말 재미있다

·
·
·

[오늘의 게스트는 요즘 대세, 12인 걸그룹 '보그나르'입니다!]

토크쇼의 사회자는 걸그룹 보그나르를 소개한 뒤 질문했다.

[요즘 정말 잘나가고 있는데요. 비결이 뭐라고 생각하십니까? 춤?
노래? 외모?]

그 질문에 맏언니 임여우가 대표로 마이크를 잡았다.

[팀워크죠! 저희는 정말 팀워크 빼면 시체거든요. 연습생 시절부터
한 번도 싸운 적이 없는걸요!]

소녀들은 하나같이 고개를 끄덕였다. 그녀들의 모든 사정을
속속들이 알고 있는 나로서는, 너무나 우스운 말이었다. 하지만
비웃을 순 없다. 나는 그녀들의 매니저니까.

확실히 실장은 대단했다.

[네게 사진이 있건 없건, 불안한 건 사실이다. 그렇다면 차라리 너
를 한배에 태우겠다. 앞으로는 매니저로서 저 아이들을 맡아라.]

참 현명한 판단이었다.

사진은 없었지만, 내가 그녀들을 관찰하기 위해 합숙소 곳곳
에 설치해두었던 몰래카메라 영상들은 영원히 묻히게 될 테니
까…

평생 한 가지 음식만을 먹어야 한다면?

띠리리리리링-!

파칭코 머신의 소리는 밝고 경쾌했다. 그 앞에 앉은 최무정의
얼굴은 어둡고 절망적이었다. 말을 하지 않아도 말이 들리는 것
같은 그런 표정이었다.

터져라! 제발 터져라! 제발 터져라!!

최무정은 그런 얼굴로 계속 구슬을 튕기고 튕겼다.

띠리링-!

"망할! 망할!"

최무정의 돈은 바닥났다. 그 정도가 아니었다. 담보로 얻은 빚
까지 모두 털렸다. 다 자초한 일이었다. 도박에 손을 댄 이상 그

결과에 승복할 수밖에.

처음 이 도박장을 찾아냈을 때 얼마나 기뻤던가? 상위 0.1퍼센트만 모인다는 이 선상 도박장. 그곳에 입장할 수 있다는 것만으로도 상류사회의 일원이 된 기분을 느꼈다. 도박 중독? 생각지도 않았다. 단순히, 영화에서나 보던 그런 한 단계 높은 사회를 경험해보고 싶을 뿐이었다. 가져간 돈을 다 쓰면 깨끗이 손을 털겠다고 생각했으며, 당연히 자제할 수 있다고 믿었다.

아니었다. 자제할 수 없었다. 눈앞에서 100만 원이 몇 억이 되는 마법을 보았다. 자신이 한 달을 뼈 빠지게 일해야 벌 수 있는 돈을, 누군가는 1분, 10초도 안 되어 마법처럼 벌었다. 심지어, 자신마저도 그 마법을 썼다. 가져간 30만 원이 순식간에 300만 원이 되어 있었다. 거기서 멈췄어야 했다. 누구라도 옆에서 봤다면 그렇게 말했을 것이다. 그러나, 당사자라면 그럴 수 있었을까? 30만 원이 300만 원이 되었다면, 300만 원은 3천만원이 될 수도 있지 않을까? 3천만 원은 또 3억이 될 수 있지 않을까?

최무정의 생각이 그랬다. 그러나 3백만 원은 0원이 되었다. 실제 최무정이 잃은 돈은 30만 원이었지만, 그가 잃었다고 생각한 돈은 300만 원이었다. 자신의 월급보다도 많은 300만 원을 잃었기에 그냥 좋은 경험 했다며 집으로 갈 수 없었다. 그 생각은 선상 카지노 측도 같은 듯했다. 그곳에서는 충분히 돈을 융통할 수 있었다. 재산, 담보만 있으면 이자도 합리적이었다.

최무정은 빌린 돈으로 다시 도박을 시작했다. 운이 좋아 한

번에 자신의 월급만큼을 따기도 했다. 그뿐이다. 어차피, 그뿐이다. 멈추지 않는 이상 종국에는 잃는 것이 도박이다. 최무정은 멈출 생각이 없었고 결국 모두 잃었다. 저축, 집 보증금, 차, 모든 걸 다. 배에서 내리고 싶지 않았다. 배에서 내려 세상으로 나간다 해도 최무정에게 남은 건 없었다.

그때, 그들이 나타났다. 그들이 나타나, 최무정에게 질문을 했다.

"사람의 목숨값이 얼마라고 생각하십니까?"

난데없는 그 질문에, 최무정은 고민했다. 얼마일까? 한 사람의 목숨값이란 얼마일까? 아니, 지금 자신의 목숨값은 얼마일까? 1억? 2억? 어쩌면… 3억?

뜻밖에도, 그들이 생각하는 액수는 제법 컸다.

"10억. 대충 10억 정도로 생각합니다."

"네? 10억?"

놀라는 최무정에게, 그들이 웃으며 말했다.

"물론, 지구 어딘가에선 지금 이 순간에도 단돈 10만 원에 팔리는 아이들이 있지요. 그래도 역시, 다 큰 성인. 삶이라는 투자가 들어간 결과인 최무정 씨 같은 경우에는… 10억 정도로 생각합니다, 저희는."

"아…"

사람의 목숨을 돈으로 매기고 있음에도 불구하고, 최무정은 솔직히 기뻤다. 자신 따위에게 10억이라는 가격이 붙었다는 사실이 기뻤다. 게다가 어떤 은근한 기대심리가 마음속 한편에 피

평생 한 가지 음식만을 먹어야 한다면?

어올랐다. 그것은 적중했다.

"10억을 빌려드리겠습니다. 목숨값으로. 어떻습니까? 빌리시 겠습니까?"

최무정은 침을 꿀꺽 삼키며 그들을 보았다. 정확히 말하면, 그들이 내민 가방 속 5만 원권 다발들을 보았다. 대답은 정해져 있었다.

"예, 예! 빌려주십시오!"

:
:

"이봐요! 이봐요!"

"으으음…"

누군가 흔드는 느낌에, 최무정이 잠에서 깨어났다. 눈앞에 돌로 된 높은 천장이 보였다.

"여, 여긴…"

"이봐요!"

소리가 들리는 곳을 향하자, 낯선 청년이 그를 내려다보고 있었다. 최무정은 인상을 찌푸리며 물었다.

"여기가 어딥니까?"

청년은 한숨을 쉬며 고개를 흔들었다.

"저도 몰라요. 방금 깨어났어요, 저도."

"아…"

최무정은 상체를 일으켜 앉아, 자신의 양손을 내려다보며 기억을 떠올렸다.

10억. 10억이 이 손에 있었다. 11억이 되기도 했고, 8억이 되기도 했고, 15억이 되기도 했다. 그런 10억이 있었다. 있었다. 결국, 0원이 되어버린 10억이 있었다.

"병신! 병신! 이 병신!"

최무정은 괴롭게 자신의 머리를 쥐어뜯고, 때리며 자학했다. 그렇게 한참을 괴로워하던 최무정은 고개를 들어 주변을 둘러보았다. 특이한 방이었다. 얼핏 보면 감옥 같아 보였다. 창문도 하나 없고, 입구라고는 오직 두터운 철문 하나로 가로막힌 감옥.

최무정이 특이하다 생각한 건 이 방의 인테리어였다. 방이 반으로 나뉘어 있었는데, 한쪽에는 일반 가정집처럼 장판과 벽지가 발라져 있었고, 침대도 하나 놓여 있었다. 그 반대쪽에는, 그냥 차가운 동굴 같은 돌바닥과 돌벽이 드러나 있을 뿐, 아무것도 존재하지 않았다. 높은 천장의 중앙에는 전등이 매달려 있었고, 천장 모서리에는 유리로 된 반구형의 감시 카메라가 여럿 설치되어 있었다.

최무정이 눈살을 찌푸리고 있는데, 청년이 말을 걸어왔다.

"저는 공치열이라고 해요."

"으음… 저는 최무정입니다."

"아저씨도 팔았죠?"

"…"

최무정은 말없이 긍정했고, 그것으로 둘은 상황 파악을 끝냈다.

평생 한 가지 음식만을 먹어야 한다면?

깨어나 보니 감옥. 갑작스러운 상황인 게 분명하지만, 둘은 쉽게 납득했다. 목숨을 팔았기 때문이다. 어차피, 자신들의 운명은 그들에게 달려 있을 것이다. 둘은 잠깐 방 안을 둘러보았지만, 예상대로 탈출은 불가능했다. 둘은 유일한 가구인 침대로 가 앉아 대화했다. 이런저런 이야기를 나누다가 최무정이 한숨을 내쉬었다.

"이제 우린 어떻게 되는 거지… 장기라도 떼어 가려나?"

무서웠다. 불안한 생각들이 꼬리에 꼬리를 물었다. 장기매매, 암굴노예, 인체실험… 그때, 공치열이 조금 밝은 목소리로 말했다.

"그런 건 아닐 거예요. 아저씨는 도박으로 들어와서 잘 모르시겠지만…그 부자들은 상상을 초월하거든요. 우리처럼 그들이 구입한 목숨만 해도 전 세계에 수천 명이 넘어요."

"뭐?"

"그들… 그러니까, 그들의 뒤에 있는 진짜 부자들은요. 돈 몇 억 따위는 신경도 안 써요. 그깟 몇 억 벌자고 우리 장기를 떼 가겠어요? 그런 부자들은 차라리 그냥 유희를 위해서… 그래요, 유희거리가 필요할 뿐이에요. 저 카메라만 봐도 그렇죠?"

"흠…"

최무정은 공치열이 가리킨 감시카메라를 보고, 어쩌면 그의 말대로 자신들이 유희거리일지도 모르겠단 생각을 했다.

"목적이 뭐지, 그럼? 왜 우리를 여기에?"

"글쎄요."

둘은 생각에 잠겼다. 그 순간, 최무정의 머리에 번쩍 스치는 기억이 있었다.

[만약, 아무것도 없는 무인도에서 평생 한 가지 음식만을 먹고 살아야 한다면 무엇을 먹겠습니까?]

"질문! 질문을 했었어!"

"예?"

"여기 오기 직전에! 마지막으로 그런 질문을 했다고! 평생 무인도에서 한 가지 음식만을 먹고 살아야 한다면, 무엇을 먹겠냐고!"

최무정이 쳐다보자, 공치열이 대답했다.

"아! 마, 맞아요. 그 질문 저도 받았어요!"

"그렇지? 역시! 난 치킨이었어! 치킨!"

치킨을 외친 최무정이 공치열에게 시선으로 묻자, 공치열이 침을 꿀꺽 삼키며 대답했다.

"…한우 꽃등심."

"와우!"

최무정이 한우 꽃등심에 잠깐 놀랐다가, 웃었다.

"그럼, 그걸 시킬 셈인가 본데? 우리한테 평생 한 가지 음식만 먹게 만들려고 그러나?"

"그, 글쎄요? 모르죠. 그런 걸 왜 시키겠어요?"

공치열이 부정적으로 말했지만, 최무정은 긍정적으로 생각하고 싶었다.

"네 말대로 유희겠지. 부자들의 악취미? 실험? 그냥 뭐, 어떤

평생 한 가지 음식만을 먹어야 한다면?

유희의 하나겠지.”

“…”

심각한 얼굴이 된 공치열이, 최무정을 똑바로 바라보며 물었
다.

“그럼… 치킨과 한우 꽃등심은 지금 어디 있죠?”

“…”

최무정은 대답할 말이 없었다.

.
.
.

“크윽…”

머리를 부여잡은 최무정이 침대에서 일어났다. 억지로 잠을
자려고 누워 있다가 분명, 어떤 가스 냄새 같은 걸 맡고 기절했
었다.

하루가 지난 것인가 생각하며 방 안을 둘러보던 최무정은, 바
닥에 쓰러져 있는 공치열과 낯선 사내 하나를 발견했다.

최무정은 급히 달려가 둘을 흔들어 깨웠다.

“이보세요! 치열아!”

“으음…”

“음…?”

깨어난 두 사람 중, 낯선 사내를 향해 최무정이 단도직입적으
로 물었다.

“혹시, 목숨을 팔았습니까?”

사내는 고개를 끄덕였고, 그것으로 상황 파악은 끝이었다. 잠깐의 대화로 통성명을 끝내고 나서, 사내 김남우를 향해 최무정이 다급하게 물었다.

"혹시 마지막에 받은 질문이 기억납니까?"

"아, 그… 아무것도 없는 무인도에서 평생 한 가지 음식만 먹고 산다면?"

"맞습니다!"

최무정의 얼굴이 밝아졌다. 세 사람 모두 같은 질문을 받고 갇힌 거라면, 역시 그것밖에 없지 않겠는가?

최무정이 자신의 생각을 설명하자, 김남우가 말했다.

"저는 햄버거라고 대답했었습니다. 그러면 햄버거는 어디에?"

"아, 그건…"

최무정은 대답을 못 했고, 김남우는 가만히 지켜보다가 고개를 흔들었다.

"그럼 그것은 역시 추정일 뿐이군요. 어쩌면, 단순히 가둬두었다가 한 명씩 장기 적출을 위해 끌고 갈지도 모를 일입니다."

"…"

최무정은 그래도 긍정적으로 생각하고 싶었다.

"그래도, 좋은 쪽으로 생각하는 게 낫지 않겠습니까? 잠시 대기를 타다가 그 실험을 할 작정인지도 모르고…"

한데, 김남우는 고개를 흔들었다.

"그 실험이 어딜 봐서 좋은 쪽입니까?"

평생 한 가지 음식만을 먹어야 한다면?

"예?"

김남우가 날카로운 눈빛으로 물었다.

"치킨이라고 대답했습니까? 평생 치킨 하나만 먹고 살 수 있을 것 같습니까?"

"그야, 뭐. 물리긴 하겠지만…"

김남우는 고개를 흔들며 공치열을 돌아보았다.

"당신은 한우 꽃등심? 평생 한우 꽃등심만 먹겠다?"

"…"

"평생 치킨, 평생 한우 꽃등심만 먹어서 균형 잡힌 영양분 섭취가 가능하리라 생각합니까? 불가능합니다. 점점 몸은 폐인이 되어갈 것이고, 그러다 죽겠죠."

"그거야 해보지 않고선!"

최무정이 발끈해 반박하려 했지만, 김남우가 간단히 되물어 왔다.

"물은?"

"예?"

"물은 어쩔 겁니까? 물도 없이 평생 생존?"

"무슨! 물 같은 건 당연히 기본으로!"

"과연 그럴까요? 그럼, 이 방 안에 지금 물이 있습니까?"

"그…"

최무정은 할 말을 잃었고, 김남우가 쓴웃음을 지었다.

"보아하니, 어제부터 이 방 안에 갇히신 것 같은데… 지금 목 마르지 않습니까?"

"아…"

최무정은 점점 할 말이 없어졌다. 맞다. 목말랐다. 배도 고팠지만, 무엇보다 목이 말랐다. 그때, 공치열이 끼어들었다.

"저기, 저 돌벽에요. 이슬이 좀 맺히거든요."

"뭐?"

공치열이 가리킨 그 곳은 반대편 동굴 같은 반쪽이었다. 최무정이 급히 가보자 확실히, 돌벽과 바닥이 축축하게 젖어 있었다. 주머니에서 손수건을 꺼낸 공치열이 고백했다.

"많진 않지만 손수건으로 닦고, 손수건을 쥐어짜면…"

"뭐? 그걸 왜 이제 말해줘!"

최무정은 당장 손수건을 받아들고 축축한 벽을 훔쳤다. 고개를 위로 젖히고 손수건을 필사적으로 짜내니 물방울이 떨어졌다. 더럽고 말고는 신경 쓸 여유가 없었다. 천금 같은 물방울이었다. 멀리서 그 모습을 지켜보던 김남우가 고개를 흔들며 말했다.

"보시다시피 물도 형편없군요. 저도 차라리 그런 얼토당토않은 실험이었으면 좋겠습니다. 하지만, 그렇다 해도 여러분에겐 괴로운 일일 겁니다. 치킨과 한우 꽃등심으로는 말입니다. 야채와 단백질, 탄수화물의 균형이 잡힌 햄버거가 생존에 유리합니다."

최무정과 공치열의 얼굴이 순간적으로 어두워졌다. 거기에 김남우가 덧붙였다.

"물론, 가장 현실적인 건 그런 실험을 할 생각이 그들에게 없다는 것이겠죠. 그러니까 아무런 음식도 지급해주지 않았을 테고.”

묵묵히 듣던 최무정은 이를 악물며 반박했다.

“그럼 왜 그런 질문을 했겠습니까? 셋 모두에게, 그것도 이곳에 갇히기 직전에! 아무리 생각해도 그것밖에 없지 않습니까!”

“…”

“그것밖에 없습니다. 그들의 목적은 그 실험입니다. 분명합니다!”

“설령 그렇다고 해도, 치킨과 꽃등심으로는…”

“우리끼리 나눠 먹으면 되는 것 아닙니까? 그러니까 우리를 한 방에 가둔 거겠죠!”

“…”

“아마 오늘 안에 음식들이 지급될 겁니다! 그럴 겁니다! 절대 장기 적출 따위가 아닐 거라고요!”

최무정은 최대한 긍정적으로 생각하고 싶었다. 정말로, 간절하게 희망을 가지고 싶었다.

⋮

다음 날, 또 한 사람이 방 안에 늘었다. 정재준이라는 사내였다. 그가 평생 먹겠다던 음식은,

“저, 저는… 귤을 좋아해서 그냥 귤이라고 말했는데…”

“허?”

최무정은 속으로 한심하다고 생각했다. 귤? 귤이라니? 귤만

먹고 사람이 살 수 있다고 생각한 건가?

반면, 김남우의 생각은 달랐다.

"무정 씨의 말대로, 그 부자들이 우리를 실험하는 것으로 유희를 즐긴다고 칩시다. 그럼, 귤은 정말 소중합니다. 한우 꽃등심? 치킨? 햄버거? 귤의 그 엄청난 수분을 대체할 수 있는 음식은 없습니다. 그 무엇보다 귤이 소중합니다."

"아!"

"물론, 우리끼리 음식을 나눠 먹을 수 있을 때 얘기지만."

생각해보면 김남우의 말대로 귤은 소중했다. 정말로 이 방 안에서 함께 실험에 들어간다면 말이다. 한데, 최무정의 마음은 어제보다는 조금 식어 있었다. 일단 몸이 괴로웠다. 벌써 3일째 아무것도 먹지 못한 상태였다. 겨우 돌벽의 이슬이나 핥고 있을 뿐.

"이렇게 방치해둘 리가 없어… 그런 실험을 할 생각이었다면, 이렇게 우릴 방치해둘 리가 없을 거라고…"

애써 되뇌었지만, 최무정은 점점 부정적인 생각만 들었다.

⋮

"여자?"

다음날 다섯 번째로 방 안에 들어온 사람은 임여우라는 여자였다. 이미 방 안에서 며칠을 굶은 사람들은 지쳤고, 희망도 없었지만, 의례적으로 물었다.

"이곳에 오기 전, 질문을 받지 않았습니까? 무엇이라 대답했

평생 한 가지 음식만을 먹어야 한다면?

죠?"

"예? 아, 맞아요. 질문을 받았어요. 저는 라면이라고 대답했는데요."

"라면? 훌륭하군요."

사람들은 그녀의 선택이 훌륭하다고 판단했지만, 그뿐이었다. 이미, 그 질문에 대한 실험을 하기 위해서 가두었다는 생각은 옅어진 상태였다. 어제 정재준이 감시 카메라를 보며 꺼낸 말이 컸다.

"부자들의 유희라고요? 유희를 위해서라면 어쩌면… 그냥 단순히 굶어 죽는 모습을 구경하려는 것 아닐까요?"

그 말이 옳았다. 합리적으로 생각해보면 그게 가장 가능성이 높았다. 실험을 할 생각이라면, 왜 실험 전에 최소한의 생존도 보장해주지 않는 걸까? 그럴 이유가 없었다. 게다가 갇힌 사람들이 그냥 굶어 죽을까? 아무것도 먹을 게 없는 곳에 사람들만 가둬둔다면 무슨 일이 벌어질까? 뻔하지 않은가? 그 모습을 구경하는 것은 그들에게 얼마나 자극적일까?

심지어는, 일부러 하루씩 시간차를 두고 사람을 가뒀다. 보름 굶은 사람과 하루도 굶지 않은 사람이 같은 방에 갇힌다면 얼마나 그림이 흥미진진할까?

생각하면 할수록, 정재준의 말이 정답 같았다. 그래서 방 안의 분위기는 무거웠다.

그 사정을 다 들은, 임여우가 활기차게 말했다.

"그래도 역시, 그런 질문을 한 이유가 있을 것 아녜요? 혹시 모르잖아요. 지금은 그들이 구상하는 멤버를 모으고 있는 시간일지도요!"

이제 막 들어온 임여우는 굶어 죽는 지옥도보다 희망적인 이야기를 믿고 싶었다. 남자들은 시큰둥했다. 배가 고팠고, 지쳤고, 두려웠다.

⋮
⋮

"여섯 번째도 여자군."

홍혜화. 그녀가 선택한 음식은 비빔밥이었다. 그게 무엇이든 남은 사람들에겐 상관없었다. 어차피 다 그림의 떡이다. 곧, 모든 사정을 들은 홍혜화는, 새파랗게 질려서 소리 질렀다.

"굶어 죽는다고요? 시, 싫어! 여기서 이렇게 굶어 죽는 건 싫다고요! 아니에요! 그건 아닐 거예요! 우리에게 그런 질문을 했으니까, 그 실험을 할 거 아녜요!"

"…"

"그렇죠? 맞잖아요! 왜 질문을 했겠어! 맞잖아요!"

홍혜화는 공황상태에 빠져 소리를 질러댔고, 그것은 최무정의 신경을 거슬리게 했다. 오랫동안 굶은 그는, 그녀의 말이 짜증날 뿐이었다.

"닥쳐요, 좀!"

"웃!"

"실험이면 치킨 쪼가리라도 나와야 할 거 아니야? 아무것도

194　　　평생 한 가지 음식만을 먹어야 한다면?

없어! 아무것도 준 게 없었다고!"

"으으…"

"그냥 죽으라는 거야! 우리보고 여기서 굶어 죽으라는 거라고! 굶어 죽기 싫으면 아등바등 무슨 짓이라도 하라는 것이고! 벽을 핥고! 오줌도 받아먹고! 똥을 뒤적거리고! 그 더러운 모습을 구경하며 낄낄대겠다는 거라고, 그 새끼들은!"

최무정의 절규에 홍혜화는 울 것 같은 얼굴이 되었고, 임여우가 그 옆에 붙어서 위로했다.

"아니에요. 아직 모르는 거예요."

임여우는 최무정을 쏘아보았다.

"아직 모른다고요! 모두에게 같은 질문을 한 이유가 있을 거라고요!"

"웃기고 있네! 다 그 새끼들의 농간이야, 농간! 당신도 내일이면 저 카메라 앞에서 우리처럼 오줌을 받아먹게 될걸?"

"아니에요! 곧 실험을 할 거라고요! 7명… 아니, 최소 10명이 채워졌을 때!"

"그때까지 못 버틴다고! 빌어먹을…"

그때, 옆에서 힘없이 누워 있던 김남우가 이죽거리며 끼어들었다.

"아가씨들이 지금 무슨 헛된 희망을 품고 있는지 알겠는데 말입니다, 진실을 말해줄까요? 여기 있는 사람들이 지금 무슨 생각을 하고 있는지 말해줄까요?"

"무슨…"

"식인입니다. 식인."

두 여인의 몸이 놀라 굳었다. 뿐만 아니라, 방 안의 다른 사람들의 몸도 굳었다. 김남우는 계속해서 말했다.

"먹을 게 아무것도 없으니 결국 식인이라도 해야 할 텐데, 그런 생각을 하고 있단 말입니다."

"무, 무슨!"

"거기에 더해서. 분명히 식인은 일어날 텐데, 그럼 누가 희생될까? 나는 아니어야 하는데. 지금 나들, 그깟 생각들을 하고 있단 말입니다."

김남우는 모두를 둘러보았다. 그에게 반박할 수 있는 남자들은 없었다. 여자들이 무어라 반박하려 나설 때, 김남우가 먼저 말했다.

"그럼 이런 생각은 어떻습니까? 식인이 과연 자연스럽게 이루어질까? 아니면 강제로 이루어질까? 자연스럽게 누군가 굶어 죽으면, 그 시체를 먹을까? 아니면 강제로 누구 하나를 죽여서 먹게 될까?"

"무…!"

"당신들은 괜찮겠죠. 아직 견딜 만하니까. 하지만 초반에 들어온 우리는 지금, 죽을 맛이라는 겁니다. 이 머릿속이 복잡해서 터질 것 같단 말입니다."

"…"

"이대로 있다가 그냥 내가 굶어 죽는 것 아닐까? 그러기 전에 식인 이야기를 꺼내서 제비뽑기로라도 결정하는 게 좋지 않을까? 저들이 동의해줄까? 아직 살 만한 사람들인데? 그냥 기다리면 어차피 우리 중 누군가가 죽어서 그 시체를 먹으면 되는데?"

"아, 아니! 뭘 먹어요! 인간이 어떻게 그런…"

홍혜화가 말도 안 된다며 외치려 했지만, 김남우가 차갑게 쏘아보며 말을 끊었다.

"인간은 합니다! 인간은 충분히, 그런 생각들을 합니다. 인간이니까. 지금은 아니어도, 배가 고파지면. 우리처럼 지치게 되면. 죽음의 공포가 닥치면, 눈앞에 시체가 생기면! 그땐 합니다. 살고 싶으니까."

"으…"

방 안의 분위기가 가라앉았다. 누구도 섣불리 말을 꺼내지 않았다. 갇힌 지 하루라도 오래된 사람들은 그의 말에 반박할 수 없었고, 이제 막 들어온 여인들은 그의 말에 압도되었다.

김남우가 그들 모두에게 물었다.

"그럼, 여러분은 누가 희생되어야 한다고 생각합니까? 어차피 굶어 죽지 않으려면 식인밖에 없는데? 그러면 그것은, 언제? 어떻게? 누가? 왜? 어떤 방식으로?"

아무도 그 물음에 대답하지 못했다. 상상만으로도 끔찍한 질문이었고, 그것이 진실일지도 모른단 생각에 무서운 질문이었다.

그때였다. 한 사람의 정적을 깨는 목소리에 상황은 새로운 국면에 들어가게 되었다. 바로, 공치열이었다.

"이거 실험 맞아요."

모두가 공치열을 돌아보았다. 실험이 맞다고? 무슨 말이지? 희망을 가지란 말인가? 그걸 왜 공치열의 입에서? 가장 방 안에 오래 있었던 공치열이?

순간, 최무정의 눈이 번쩍했다. 그러고 보니 공치열은, 자신이 깨어나기도 전에 이 방에 원래부터 있었다.

"자, 잠깐! 공치열이 너! 너 무언가 아는 거냐? 그렇지? 맞지!"

방 안의 모두가 놀라 커진 눈으로 공치열을 돌아보았다. 그는 우물쭈물 망설이다, 입술을 깨물다, 눈을 질끈 감았다 뜨고, 망설이다, 어렵게 입을 열었다.

"제 실험이에요."

"뭐?"

일순간, 사람들은 이해할 수 없는 얼굴이 되었다. 제 실험? 무슨 말이지? 그게 무슨 말이야?

곧, 공치열이 괴로운 얼굴로 말을 이었다.

"저는… 평생 한 가지 음식만을 먹고 살아야 한다는 질문에 한우 꽃등심이라고 대답하지 않았어요."

"뭐?"

"제가 대답한 건…"

"대답한 건?"

망설이던 공치열은 눈을 질끈 감으며 대답했다.

"살아 있는 사람. 살아 있는 사람이었어요."

방 안의 모두가 멍청한 얼굴로 공치열을 바라보았다.

"죄송해요."

평생 한 가지 음식만을 먹어야 한다면?

이해하지 못한 사람들의 침묵이 방 안을 메웠다. 겨우 정신을 차린 최무정이 떠듬떠듬 물었다.

"뭐라고? 그게 무슨 말이야? 뭐라고?"

공치열은 그 누구의 눈도 마주치지 못한 채 설명했다.

"저는… 아무것도 없는 무인도에서 혼자 살아갈 자신이 없었어요. 외로워서요."

"그 무슨…"

"평생 한 가지 음식이 주어진다 해도, 외로워서 그렇게 살 자신이 없었어요. 그래서 저는 생각했죠. 만약, 살아 있는 인간이라고 대답한다면? 그럼 외로워지지 않아도 되는 거 아닐까?"

"이 새끼…"

사람들의 얼굴이 점점 일그러지기 시작했다.

"그 대답을 하면서 저는 제가 기발하다고 생각했어요. 천재적이라고 생각했죠. 그 질문에 이런 대답을 하다니, 멋지다고 생각했어요."

"이! 이!"

"아니었어요. 정말 멍청했어요. 설마 진짜 매일 사람을 먹으라고 넣어줄 줄은…"

공치열은 고개를 저으며 울먹거렸다.

"이런, 이런 걸 원한 건 아니었는데! 저는 정말, 이런 걸 생각한 건 아니었는데!"

"이, 이 새끼야!"

최무정이 달려들어 공치열의 멱살을 붙잡았다.

"너 때문에! 이 상황이 너 때문이라고! 우리가, 우리가 모두 네 식사로 제공된 거라고. 씨발!"

"죄송해요. 죄송해요. 정말 죄송해요."

공치열은 눈물을 흘리며 연신 사과했다. 최무정은 쌍욕을 내뱉으며 공치열의 멱살을 잡고 흔들었다. 방 안의 모두가 믿을 수 없다는 얼굴로 부들부들 떨었다. 곧 아수라장이 펼쳐졌다. 공치열을 욕하는 소리, 주먹질 소리, 비명, 울음소리, 방 안에 한바탕 아수라장이 펼쳐졌다.

한풀이 같은 그 시간이 지나간 뒤, 최무정이 공치열을 가리키며 외쳤다.

"저 새끼를 먹읍시다!"

"우리가 만약 식인을 해야 한다면, 저 새끼를 먹자고요! 이 사건의 원흉인 저 새끼를!"

"아, 안 돼! 살려주세요! 형! 살려주세요!"

공치열은 두려움에 빌었지만, 아무도 그의 편을 들지 않았다. 대부분 최무정의 말에 동의하는 듯했다. 한데 그때, 김남우가 침착한 어조로 말했다.

"그를 죽여선 안 됩니다."

"뭐라고?"

최무정이 황당한 얼굴로 돌아보자, 김남우가 이를 악물며 말했다.

"모두가 죽어도, 그는 절대 죽어선 안 되는 사람입니다! 모르겠습니까?"

평생 한 가지 음식만을 먹어야 한다면?

"뭔 개소리를!"

"그가 죽으면! 더 이상 그의 식사가 지급되지 않는단 말입니다! 예? 이 방에 더 이상 사람이 들어오지 않는단 말입니다!"

순간, 방 안에 있는 모두가 굳었다.

"무, 무슨 말을…"

"그가 죽어서 그의 실험이 중단되면, 그에게 제공되는 식사도 없습니다. 그럼 어떻게 될까요? 이 방에서 우리들끼리 한 사람이 남을 때까지 식인하며 버티다가 끝내는 다 죽겠죠. 하지만, 공치열만 살아 있다면… 그럼 식사는 계속 제공됩니다. 그의 실험이 지속되는 한 영원히!"

"시, 식사라고? 무슨 말을 그렇게 심하게 해?"

김남우의 표현에 사람들의 몸이 떨렸지만, 그뿐이었다. 반박할 수 없었다. 냉정하게 머리를 굴려보면, 그의 말이 맞았다.

공치열을 노려보는 최무정의 얼굴이 일그러졌다. 무슨 일이 있어도 저놈만은 지켜야 한다고? 이 사건의 원흉인 저놈을!

그때, 임여우가 나섰다.

"아닐 수도 있지 않아요?"

"…"

"만약에, 공치열이 죽어서 실험이 중단된다면… 우리 모두를 꺼내줄지도 모르잖아요?"

그녀의 말에 사람들의 눈이 커졌다. 정말로 그렇게 된다면야!

모두의 시선이 무의식적으로 공치열에게 향했다.

"으으…"

겁에 질린 공치열이 떨 때, 김남우가 고개를 흔들었다.

"장담할 수 없는 일입니다. 아시다시피, 그들은 우릴 공치열의 식사라는 개념으로 이곳에 넣었습니다. 소모품으로 써버렸단 뜻이죠."

"그건 모르는 일이야."

"이런 끔찍한 실험을 유희랍시고 즐기려는 그들 입장에서, 우리 목숨이 소중할까요? 아시잖습니까? 우린 그들이 가진 수천 개의 목숨 중 하나일 뿐입니다. 오히려 실험이 망쳐진 상태에서, 원래 우리가 예상했던 굶어 죽는 모습을 구경하기 쪽으로 생각이 바뀔 수도 있지 않겠습니까? 지금 이러고 있는 모습도 저 카메라로 계속 지켜보고 있는데?"

"으음…"

김남우의 말은 모두에게 현실성 있게 다가왔다. 그래도 임여우는 고개를 내저었다.

"모르죠! 10억 짜리 몸값이라고요! 그냥 죽이기엔 아깝지 않겠어요? 그리고 나, 난! 식인 같은 거 하고 싶지 않다고요! 여기에 갇혀서 평생 식인을 하면서 살라고요? 차라리 죽는 게 나아요!"

"…"

모두가 공감하는 심정이었다. 그녀의 말대로 차라리 죽는 게 나을지도 모른다. 한데 그때, 공치열이 다급하게 외쳤다.

"자, 잠깐만요! 평생이 아니에요! 평생이 아니라고요!"

"뭐?"

평생 한 가지 음식만을 먹어야 한다면?

"1년! 그들이 그랬다고요! 실험은 1년이라고!"

"무슨 개소리야, 그게?"

최무정이 눈살을 찌푸렸다. 이 타이밍에 그런 말은, 아무리 생각해도 공치열의 목숨을 구걸하기 위한 거짓말이 아니겠는가?

하지만 공치열은 간절했다.

"정말이에요! 내가 살아 있는 사람이라고 말하자마자, 그들은 재밌겠다며! 처음 들어보는 답변이라고, 그런 거라면 1년 정도는 지원할 수 있겠다고 그랬다고요!"

"음…"

사람들은 반신반의하면서도, 어쩌면 거짓말이 아닐지도 모르겠다고 생각했다. 특히 김남우가 그랬다.

"확실히. 아무리 가진 목숨이 많아도 1년이면 365명인데. 만약 평생이라면 엄청난 낭비입니다. 그 실험이 평생 흥미로울지도 장담할 수 없고…"

"그, 그러니까요!"

그러나 최무정은 절대 믿지 않았다.

"개소리! 너 이 새끼, 네가 죽을 것 같으니까 거짓말하는 거잖아 지금!"

"아니에요! 믿어주세요!"

"웃기지 마, 이 새끼야!"

최무정이 다시 공치열에게 달려들려고 할 때, 김남우가 중재했다.

"잠깐! 잠깐만! 일단 상황 정리 좀 합시다!"

김남우가 모두를 둘러보며 차분하게 말했다. 그가 현재 가장 이성적이었다.

"일단, 우리에게는 두 가지 선택권이 있습니다. 이곳에서 식인을 하며 버텨보느냐, 공치열을 죽이고 풀어주기를 기대하느냐."

"절대 식인은 싫다고요!"

임여우가 바로 소리쳤지만, 김남우는 냉정하게 되물었다.

"그럼 죽는 것은 좋습니까?"

"차라리 죽는 게 나아요!"

김남우가 고개를 저었다.

"쉽게 대답하지 마십시오. 막상 죽음 앞에 닥쳐보지 않는 이상, 인간은 모르는 겁니다."

"이익!"

임여우는 절대 그럴 일은 없을 거라 말하려다가, 입술을 깨물며 관두었다. 김남우는 그런 그녀를 보다가, 고개를 돌려 모두를 향해 말했다.

"만약, 우리가 식인을 선택합니다. 그러면 최소한 죽지는 않을 겁니다. 게다가 공치열의 말이 사실이라면… 1년 뒤에는 풀려날지도 모르죠."

"저, 정말이에요!"

"흥! 픽이나!"

공치열의 외침에 최무정이 콧방귀를 뀌었지만, 김남우는 무시하고 말을 이었다.

"결국 식인을 결심할 수만 있다면, 어떤 경우에도 우리 목숨은 이어갈 수 있습니다."

"…"

"다음으로, 우리가 공치열을 죽여서 실험을 중단시킬 경우. 이쪽은 도박입니다. 이대로 이곳에 갇혀서 다 굶어 죽던가… 혹은 이 방에서 꺼내지던가. 최소한 그들이 우리 목숨값 10억이 아깝다면 다른 곳에 쓰겠죠. 그리고…"

김남우는 임여우를 바라보며 말했다.

"그 도박에 실패해서 나가지 못한다면… 당신도 공치열의 시체를 먹어야 합니다. 그때도 절대 식인만은 하기 싫다면, 당신이 먼저 굶어 죽게 될 테고, 우리는 당신을 먹을 겁니다."

"…"

임여우의 눈이 흔들렸다. 김남우는 마지막으로 모두를 둘러보며 말했다.

"하루만 생각해봅시다. 하루만 생각해보고… 내일 다수결로 결정합시다. 어떻습니까? 동의하십니까?"

"…"

그의 마지막 말에, 결국 모두가 고개를 끄덕였다. 사람들은 각자 깊은 생각에 잠겼다.

'젠장…'

'아…'

'식인이라니. 식인이라니…'

'죽기 싫어…'

'잘못했어요… 잘못했어요…'

그렇게, 모두의 머릿속이 복잡한 밤이 지나갔다.

⋮

"일곱 번째도 여자군. 한 명만 더 있으면 일대일 미팅이라도 하겠네."

아직 잠들이 있는 여인을 보며 최무정이 농을 던졌다. 신상된 아침이었다.

곧 모두가 깨어났고, 새로 들어온 장진주에게 모든 설명이 이루어졌다. 장진주는 끔찍한 현실을 받아들이기 힘들었지만, 방안의 분위기를 읽지 못하진 않았다. 결국, 따로 생각할 시간이 주어지고, 투표에 참여하기로 했다.

시간이 흘러 이윽고, 김남우가 앞으로 나섰다.

"이제 결정해야 합니다. 내일로 미룰 수 없습니다. 이러다 굶어 죽는 사람이 나올지도 모르고… 여러분도 지금 괴롭지 않습니까?"

"…"

정말로 모두 괴로웠다. 특히 초기에 들어온 사람들은 절실했다.

"그럼 이제 투표를 시작하겠습니다."

김남우는 사람들을 방의 중앙으로 모았다. 그리고 인테리어가 된 침대 쪽과 그냥 동굴 상태인 반대쪽을 번갈아 보며 말했다.

"이제 보니, 저 동굴 쪽은 공치열의 식사를 위한 장소였겠군

평생 한 가지 음식만을 먹어야 한다면?

요. 수면 가스로 재운 뒤 먹다 남은 시체는 알아서 수거할 생각이었겠지요?"

"으음…"

사람들은 새삼 서늘함을 느꼈다. 김남우는 마침맞다는 듯 고개를 끄덕이며, 사람들에게 말했다.

"그럼, 공치열을 죽이지 말고 식인으로 1년만 버텨보자는 분은 저 돌바닥 쪽으로 가고. 반대로, 공치열을 죽여서 실험을 중단시키고 어떻게 될지 지켜보자는 분은 저 침대 쪽으로 갑시다."

그의 말이 끝나자마자, 가장 먼저 임여우가 침대 쪽으로 향했다. 흠칫 놀란 공치열은 덜덜 떨면서 돌바닥 쪽으로 향했다. 1 대 1의 상황. 그때, 셋째 날에 들어온 정재준이 돌바닥 쪽으로 향하며 말했다.

"크흠… 운이 좋아 이곳에서 풀려난다고 해도 안전하다는 보장이 어딨습니까? 오히려 장기 적출이나 안 당하면 다행이지."

그의 말에 사람들은 깨달았다. 자신들의 목숨이 자신들의 것이 아니라는 현실을.

"으…"

사람들 사이에 잠깐의 동요가 일어났지만, 곧 홍혜화가 침대 쪽으로 향했다.

"그래도 절대 식인 따위는 하기 싫어요! 차라리 죽고 말지!"

오늘 들어온 장진주도 고개를 끄덕이며 그 뒤를 따랐다.

"저도 역시 식인은…"

이렇게 상황은 3 대 2. 공치열을 죽여서 실험을 중단시키자는 쪽이 강세였다. 그때, 김남우가 공치열 쪽으로 향했다.

"식인은 싫다고요? 아니요. 인간은 자기 목숨이 가장 중요합니다. 인간이니까 어쩔 수 없습니다."

3 대 3. 여섯 명의 시선이, 마지막 열쇠를 쥔 한 사람에게로 몰렸다. 최무정이다.

최무정은 갈등했다. 마음의 결심이 서지 않았다. 머리가 복잡했다.

식인? 지금 아무리 배가 고파서 죽을 것 같더라도, 식인을 할 수 있을까? 게다가 평생 이런 곳에 갇혀서 식인으로 목숨을 연명하다니. 그런 삶에 의미가 있을까? 운이 좋으면 1년이라지만… 공치열의 말을 믿을 수 없다.

그렇다고 공치열을 죽이는 것은? 실험이 중단된다면 그들이 우리를 꺼내줄까? 장담할 수 없다. 그건 도박이다. 만약 꺼내주지 않으면? 그럼 어차피 남은 사람들끼리 식인을 해야 하고, 결국엔 다 죽는다. 죽음. 죽음. 죽음. 죽음.

사람들은 갈등하는 최무정을 가만히 쳐다보았다. 약속이나 한 듯이 누구 하나 재촉하지 않고 기다렸다.

최무정은 이제, 원론적인 생각에까지 접어들어 있었다. 내가 왜 이렇게 됐을까? 어쩌다가 이렇게 됐을까? 도박만 아니었어도… 10억 따위에 나를 팔아넘기지만 않았어도! 한숨이 나왔다. 눈물이 나왔다. 화가 나서 견딜 수가 없었다. 그 화의 대상 중에는 공치열도 있었다.

평생 한 가지 음식만을 먹어야 한다면?

"저 새끼만 아니었어도!"

"으…"

공치열의 얼굴이 불안해졌다. 최무정은 매섭게 그를 일별하고, 심각한 얼굴로 양쪽을 번갈아 보았다.

"빌어먹을. 빌어먹을! 빌어먹을!"

식인으로 1년만 견뎌보느냐, 공치열을 죽이는 도박을 해보느냐? 식인이냐, 도박이냐?

"……"

미친 듯이 갈등하고 최무정은 끝내, 눈을 질끈 감았다. 드디어 그의 발걸음이 움직였다.

"아!"

"아…"

그가 향한 곳은,

"안 돼!"

공치열을 죽이는 침대 쪽이었다. 최무정은 짧은 말로, 모든 설명을 대신했다.

"도박은 끊을 수가 없구나…"

공치열이 절망의 소리를 내었다.

"아, 안 돼… 안 돼!"

김남우가 자리에서 일어나 선언했다.

"결정되었습니다. 우리는… 공치열의 실험을 멈춥니다."

"아, 안 돼! 살려줘요! 안 돼! 살려줘요!"

공치열의 얼굴이 다급해졌고, 모두의 얼굴이 딱딱하게 굳었다. 결정은 번복되지 않았다.

⋮

　공치열의 시신이 차가운 돌바닥 한쪽에 놓여 있었다. 침대 쪽에 모인 사람들은 말이 없었다. 공치열의 끔찍했던 죽음이 분위기를 그렇게 만들었고, 미래에 대한 불안감이 그렇게 만들었다.

　과연 그들이 내보내줄까? 실험이 끝났음을 인정하고, 우리들을 꺼내줄까? 아니면, 그대로 우리들을 이 방에 폐기할까? 끝내 공치열의 시체를 뜯어먹고, 우리들끼리 잡아먹는 모습을 저 감시카메라로 구경할까?

　알 수 없었다. 알 수 없는 도박이었다.

　최무정은 바닥에 누워 억지로 잠을 청하면서, 제발 이번 도박만큼은 성공하기를, 바라고 또 바랐다.

⋮

　"…"

　아침에 눈을 뜬 사람들은, 망연자실한 표정으로 주저앉아 있었다. 공치열의 실험은 중단되었다. 새로운 사람은 없었다. 하지만, 그들은 여전히 방 안이었다. 꺼내지지 않았다.

　도박은 실패였다.

　그 대신.

"치킨…"

최무정의 앞에 치킨 하나가 놓여 있었다. 공치열의 실험은 확실히 중단되었다. 대신, 새로운 실험이 시작되었다. 최무정의 실험이 말이다.

"…"

눈앞의 치킨 하나를 바라보며, 최무정은 생각했다.

자신의 목숨이 얼마나 유지될 수 있을까? 저 치킨 한 마리가 과연, 자신의 목숨을 얼마나 지켜줄 수 있을까?

길지 않으리란 예감이 들었다. 결코, 길지 않으리란 예감이.

목격자

　귀뚜라미 소리가 들려올 것 같은 한산한 밤의 도로. 새까만 어둠과 옅은 안개를 가르며 차 한 대가 홀로 달리고 있다.

　핸들을 꽉 잡은 양손이 경직되었다. 시선은 정면에 고정되었고, 액셀을 밟은 발이 떨렸다. 스물네 살의 홍혜화는 남자친구 정재준의 차로 운전을 연습하는 중이다. 과몰입한 그녀와는 달리, 미소를 띤 옆자리의 정재준이 그녀를 안심시켰다.

　"여기 완전 시골 가는 길이라 원래 차가 안 다녀. 게다가 이 시간에는 절대 없어. 사고 날 일 없으니까 마음껏 몰아도 돼."

　"으, 응."

　"원래 운전은 일단 재미가 붙어야 확 늘거든. 마음껏 운전하면서 먼저 재미를 붙이면 실력도 자연스럽게 따라올 거야. 좀 더 속도 내볼래? 앞으로 쭉 직선대로니까."

　"그래."

부드러운 정재준의 말투에 조금 긴장이 풀린 듯, 홍혜화는 작게 고개를 끄덕이며 속도를 올렸다.

"어때? 재밌지?"

"어, 응."

"더 속도를 내 봐. 카레이서처럼."

그녀의 발이 액셀을 밟자, 어둠을 가르는 차의 속도가 더욱 빨라졌다. 그녀가 조금은 미소를 지을 수 있게 되었을 때, 정재준이 카오디오로 손을 뻗었다.

"음악도 틀까? 신나는 음악 틀자. 무슨 노래가 좋아?"

"어, 그 제목이 뭐더라?"

요즘 무슨 노래가 좋았던가, 제목을 떠올리려던 그녀의 눈이 순간적으로 커졌다.

"꺅!"

"엇!"

쿵!

무언가 차에 충돌하는 소리와 뒤늦게 브레이크를 밟는 소리가 도로에 울려 퍼졌다.

"…"

급정거한 차의 무거운 정적을 뚫고, 홍혜화의 떨리는 음성이 흘러나왔다.

"사, 사, 사람… 사람!"

이를 악문 정재준이 빠르게 차에서 내렸다. 새된 소리를 내며 덜덜 떨고만 있는 홍혜화의 시선이 차창으로 향했다.

잠시 뒤. 엉망진창으로 일그러진 정재준의 얼굴이 운전석 창문 쪽으로 다가와 단호하게 소리쳤다.

"출발해! 그냥 출발해!"

"오, 오빠…"

"어서 가! 출발하라고!"

"오빠는?"

"빨리!"

화를 내는 듯이 다급한 목소리에 홍혜화가 액셀을 밟았다. 눈물이 줄줄 흐르고 있는 그녀의 얼굴은 이미 혼이 나간 모양새였다.

제정신이 아닌 채로 차를 몰고 가던 그녀는 어느 순간 속도를 줄였다. 그녀는 정지된 차 안에서 얼굴을 감싸 안고 소리 내 울었다.

그 자리에서 1시간이 넘는 시간이 지난 뒤, 운전석 쪽 창문으로 정재준이 나타났다.

"오, 오빠?"

"옆으로 옮겨 타, 혜화야."

문이 열리고, 정재준이 운전석으로 올라탔다. 그의 옷은 축축하게 젖어 있었다. 그는 빠르게 차를 출발시켰다.

홍혜화는 무언가 말해주길 바라는 듯 정재준을 바라보면서도, 너무 무서워서 아무것도 묻지 못했다. 심각한 얼굴의 정재준은 몇 분 뒤에야 입을 열었다.

"호수에 누가 빠졌나 봐."

"어떡해!"

"그래, 누가 호수에 실수로 빠졌어."

홍혜화의 눈물샘이 다시 터졌다. 정재준은 굳은 얼굴로 다짐하듯 말했다.

"아무 일도 없었어, 혜화야."

"오빠…"

"걱정하지 마. 아무 일도 없었어. 아무 일도… 아무 일도…"

반복하는 그의 말은 마치 자신에게도 하는 말인 듯, 최면과도 같았다.

울먹이는 홍혜화가 정재준의 어깨에 얼굴을 묻었다.

⋮

5년 뒤.

오래된 빌라의 계단을 오르는 중년 여인은 조금 후회했다. 건장한 아들과 함께 왔어야 했을까?

401호의 정일훈이라는 양반 때문이었다. 월세가 밀려 보증금을 다 제하고도 방을 빼질 않아, 그녀에게는 골치였다. 괄괄한 그녀의 성격에도 불편했던 정일훈은, 안 좋은 소문까지 있었던 터라 함부로 대하기가 어려운 상대였다.

여차하면 경찰이라도 부를 생각을 하며 401호 앞에 도착한 중년 여인은 멈칫, 순간적으로 인상이 확 찡그려졌다.

"무슨 냄새야?"

음식물 쓰레기가 썩기라도 한 걸까? 은근히 풍겨오는 지독한 냄새의 진원지는 분명 401호였다. 가지가지 한다는 듯, 중년 여인은 짜증스러운 얼굴로 벨을 눌렀다. 그러나 몇 번이나 눌러도 반응은 돌아오지 않았고, 그녀는 문을 두드리기 시작했다.

"이봐요! 이봐요! 안에 있는 거 다 알아요! 이봐요!"

그러나 안에선 아무런 인기척이 느껴지지 않고, 냄새는 점점 더 그녀의 후각을 찔러왔다.

"이 양반이 정말… 그래, 없다 이거지?"

그녀는 결국, 비상용 키를 주머니에서 꺼냈다. 한데 그것을 쓸 필요는 없었다. 문은 잠기지 않은 상태였다. 의아한 그녀가 문을 열어 재끼자, 구역질 나는 냄새가 확 밀려왔다.

"윽! 뭐야?"

엉망진창의 집안 꼴을 예상하며 현관을 넘어선 그녀의 시야에, 거실에 엎드려 있는 남자가 들어왔다. 불길한 예감을 느낀 그녀는 미간이 좁히며, 남자를 훑어보았다. 머리맡에 핏자국이 말라 붙어 있었고, 이미 부패가 진행되고 있었다.

"헙!"

화들짝 놀란 그녀는 밖으로 뛰쳐나가며 속을 게워냈다. 아들을 데려오지 않아서 다행이었다.

．
．
．

"아, 망할! 밥은 다 먹었네."

공치열 형사가 401호 현장으로 들어오며 인상을 찌푸렸다. 뒤이어 들어온 김남우 형사도 같은 얼굴이었다. 사체는 거실 중앙에 엎드린 자세로 쓰러져 있었는데, 한눈에도 뒤통수의 상처가 사인이었다. 더욱이 시체 곁에는 망치가 뒹굴고 있었다.

인상을 찡그리며 사체 근처를 살피던 김남우가, 더는 참지 못하겠다는 듯 벗어나며 말했다.

"가벼운 운동복 차림에 뒤에서부터 공격을 당했어. 망치도 원래 이 집 현관에 있던 거라고 했지? 그럼 면식범일 가능성이 크겠어."

멀리서 다른 곳을 뒤지던 공치열이 말했다.

"뭘 훔친 흔적 같은 것도 없고, 원한에 의한 살인이 맞는 것 같네."

상황을 살핀 두 형사는 일반적인 살인사건 수사로 가닥을 잡았다.

피해자의 이름은 정일훈. 54세의 사업가로 현재는 무직이었다. 3년 전 이혼하고 혼자 살고 있었는데, 작년에 사업을 말아먹고 최근 금전적으로 어려움이 큰 상황이었다.

집에서 주로 배달음식을 시켜 먹었던 피해자의 흔적을 추적한 김남우 형사는, 피해자의 핸드폰에 남아 있던 배달 앱의 기록으로 피해자가 14일 낮 1시까지는 살아 있었음을 확인했다. 실제 부검 결과 피해자의 위장에서 나온 음식이 일치했고, 이로써 사망 추정 시각은 14일 낮 1시부터 4시 사이로 좁혀졌다.

사망 추정 시각에 근처 CCTV와 블랙박스를 뒤져보아도 범인의 꼬리는 잡히지 않았고, 살인에 사용된 망치와 현관문 등의 지문을 닦아낸 것으로 보아 우발적 살인이 아닌 계획적 살인으로 판단되었다. 김남우가 추리하기로는,

"바로 여기에 코드가 항상 꽂혀 있는 청소기가 있는데, 지문은 열심히 닦은 범인이 청소기는 돌리지 않았어. 범인이 머리카락 걱정이 없는 상태였거나, 평소에도 이 집을 드나드는 게 이상하지 않은 사람이란 얘기겠지."

이전에 401호를 방문한 적이 있는 사람을 조사하기로 한 김남우는 먼저 2명의 용의자를 추려냈다. 정일훈의 전처 임여우와 아들 정재준. 소식을 듣고 가장 먼저 찾아온 이들이었다. 김남우는 둘을 눈여겨 살폈지만, 겉모습만으로는 알 수 없었다.

사체를 처음 발견한 집주인에게서 정일훈이 아들과 사이가 좋지 않았다는 증언을 들은 김남우는 정재준을 먼저 조사하기로 했다. 정재준은 정일훈의 집에서 그리 멀지 않은 동네의 아파트에서 아내 홍혜화와 단둘이 살고 있었다. 그는 덩치가 좋고 다부진 인상이었는데, 목소리는 얇은 편이었다. 그의 집 거실에서 마주한 김남우는 일단, 위로의 말을 건넸다.

"아버님 일로 상심이 크시겠습니다."

"예…"

정재준의 안색이 어두워졌다. 잠깐 뜸을 들인 김남우가 수첩을 펼치며 본격적으로 묻기 시작했다.

"혹시 아버님께 원한을 가진 사람이 있습니까? 평소 사이가 안 좋았다거나요."

"글쎄요. 특별히 잘 모르겠습니다."

"아버님이 재정적으로 힘드셨던 거로 아는데, 혹시 금전적으로 문제가 된 관계는 없습니까?"

"아니요. 딱히… 솔직히 잘은 모르겠습니다."

고개를 흔든 정재준은 자책하듯 말했다.

"아버지가 힘든 건 알고 있었지만, 그 정도일 줄은 몰랐습니다. 이번에 급전이 필요하시다길래 어떻게든 마련을 해보려고 하긴 했었는데…"

"급전이요? 얼마죠?"

"예. 한 3천 정도를… 당장 현금이 없어서 대출을 알아보는 중이었습니다."

잠깐 생각한 김남우가 조심스럽게 물었다.

"아버님과 사이가 좋지 않으셨다는 이야기를 들었는데 말입니다."

"…"

정재준의 미간이 찌푸려졌다.

"예. 솔직히 그리 좋지는 않았습니다."

"그런데도 돈을 빌려주실 생각을 하셨네요?"

"…마지막으로 한번 도와드릴 생각이었습니다. 이것으로 이제 인연을 끊는다는 의미로.”

“아, 예.”

김남우는 잠시 정재준의 표정을 찬찬히 살폈다. 꽤 담담했다.

“혹시, 지난 14일 낮에는 뭘 하고 계셨나요? 1시부터 4시 사이에 말입니다.”

노골적인 김남우의 질문에 정재준의 미간이 좁아졌다. 하지만 김남우의 예상보다 빠른 대답이 나왔다.

“아내의 일을 도왔습니다. 그날 아내가 운영하는 학원에 짐을 좀 옮기느라 말입니다.”

“아, 그렇군요.”

김남우는 고개를 끄덕였지만, 정재준의 대답이 기다렸다는 듯이 나왔다는 게 신경 쓰였다. 보통은 지금 자신을 의심하는 거냐고 한소리할 법도 한데 말이다.

“음.”

눈썹을 긁으며 할 말을 고르던 김남우는 순간, 안방 문틈으로 이곳을 훔쳐보는 눈과 마주쳤다. 화들짝 놀라며 문을 닫아버리는 눈동자다.

“…”

김남우는 묘한 표정을 짓다가, 정재준에게 물었다.

“아내 분은 지금 혹시…”

“아, 지금 몸이 좀 안 좋아서 방에서 쉬고 있습니다.”

“아, 그렇군요.”

안방 문을 바라보는 김남우의 눈동자가 가라앉았다.

“예, 감사합니다. 네네.”

김남우가 운전하는 차 안. 조수석의 공치열이 방금 막 전화를 끊으며 말했다.

“형, 정재준이 대출을 하려고 했다는 건 정말인데?”

“그래?”

“그걸 보면 사이가 그렇게 안 좋았던 건 아닌가 봐. 아참, 둘이 왜 사이가 안 좋았대? 뭐라고 해?”

“자기 말로는 뭐, 부모님 이혼하면서 자연스럽게 그렇게 됐다고 하더라. 그 전에도 돈 문제가 좀 있었던 것 같고.”

“흐음. 죽일 거면 돈을 빌려주려고 하지도 않았겠지? 정재준은 제외해야 하나. 알리바이도 있었다며?”

“글쎄다. 증인은 아내뿐인데, 알리바이로는 인정이 안 되겠지.”

공치열은 머리를 긁었다. 사실 그는 자신의 개인적인 추리에 꽂혀 있는 상황이었다.

“어제 내가 만나고 온 박 사장 말이야. 난 그 양반이 의심돼. 피해자의 사업에 큰돈을 투자했다가 말아먹었으니 동기도 확실하고 말이야. 14일에는 집에만 있었다고 하는데, 그걸 어떻게 믿겠어? 만나보니까 완전 제 발 저려하는 느낌이었어.”

“자기도 자기 동기가 확실하다는 걸 아니까 과민반응하는 거겠지. 반응만으로 범인을 잡을 수 있다면 얼마나 좋겠냐.”

김남우는 말하며 핸들을 꺾었다. 둘을 태운 차가 주차장으로 들어서고 있었다.

"여기야?"

차에서 내린 둘은 식당 간판을 올려다보았다. 정일훈의 전처, 임여우가 운영하는 식당이었다.

.
.
.

49살의 임여우는 나이보다 젊어 보이는 여인이었다. 관리를 잘한 연예인 누구를 닮았다는 느낌이 들었는데, 작은 두상에 단발머리가 어울려서 그런 것도 같았다.

다행히 식당에 손님이 없는 시간대라, 김남우와 공치열은 테이블 하나를 차지할 수 있었다. 둘은 임여우만을 조사할 목적이었지만, 한 남성이 그녀의 옆자리로 끼어들었다. 54세의 남성 두석규. 짧은 머리와 건장한 몸의 사내였다. 그는 마치 임여우의 보호자를 자처하는 듯, 표정에서 약간의 적개심이 느껴졌다. 간단한 통성명을 통해, 두석규가 죽은 정일훈의 오랜 친구였다는 사실을 알게 되었다. 지금 보기에는 임여우와 특별한 관계로 보였는데, 형사들의 관심을 끄는 부분이었다.

그래도 일단 임여우가 목적이었으니, 김남우는 임여우에게 질문을 시작했다.

"정일훈 씨에게 원한을 가질 만한 사람이 있을까요?"

그러나 대답은 임여우가 아닌 옆에서 들려왔다.

"그놈이 원래 제멋대로 살던 놈이라, 원한 관계가 있다 해도 이상할 것 없을 거요!"

"아, 예. 구체적으로 누가 있습니까?"

"흠."

두석규가 뚜렷한 이름을 대지 못하자, 김남우는 임여우에게로 시선을 돌렸다. 하지만 또 두석규가 나섰다.

"일훈이는 내가 가장 잘 아니까 궁금한 것 있으면 나한테 물어보쇼!"

김남우는 그 말대로 일단 두석규에게 물었다.

"그럼 혹시, 박 사장이라는 사람에 대해 아십니까? 최근 정일훈 씨의 사업에 투자하며 가깝게 지낸 사람이라는데 말입니다."

"박 사장? 잘 모르겠는데… 일훈이를 안 본 지가 몇 년이 넘어서."

두석규의 대답을 들은 공치열은 황당했다. 그럼 정일훈을 가장 잘 안다는 말을 하면 안 되지, 이 양반아!

김남우는 침착하게 말을 이었다.

"그렇군요. 그럼 정일훈 씨를 가장 마지막으로 보신 게 언제입니까?"

"3년 전이오."

"3년 전이면, 실례지만 두 분이 이혼하셨을 때가 3년 전인 걸로 아는데."

김남우의 시선이 임여우에게로 돌아갔지만, 이번에도 대답은 두석규의 입에서 나왔다.

"그때 본 게 맞소! 그 이후로는 뭐, 서로 어떻게 사는지도 모르고 완전히 관심 끊고 살았지."

공치열은 순간적으로 한마디하고 싶은 표정이 되었지만, 김남우가 바로 물었다.

"그럼 혹시, 두 분이 이혼하게 된 이유가 무엇인지 여쭤봐도 되겠습니까?"

"왜긴! 일훈이 그 새끼가 쓰레기라서 그런 거지!"

두석규가 버럭했지만, 김남우는 임여우를 돌아보며 직설적으로 물었다.

"어떤 이유였나요? 혹시 지금 두 분의 관계와 연관이 있는 겁니까?"

두석규가 무슨 소리냐며 펄쩍 뛰었지만, 김남우는 임여우의 대답을 기다렸다. 결국, 그녀가 고개를 흔들며 대답했다.

"아니요. 남편 때문이에요. 정말 끔찍한 인간이었어요. 평생 저를 속였단 사실을 알게 됐을 땐 더 참을 수 없었어요. 그래서 이혼했어요."

"속였다는 게 무엇인가요?"

"..."

임여우는 입을 다물었고, 두석규가 끼어들었다.

"벌써 죽은 사람 욕해봤자 뭐 한다고! 중요합니까, 그게?"

"아, 아니요. 알겠습니다."

"더 물어볼 것 없으면 그만합시다!"

두석규가 퉁명스럽게 말했지만, 김남우는 아직 할 말이 남아 있었다.

"아, 그럼 많은 시간 빼앗지 않고 몇 가지만 묻겠습니다. 임여우 씨. 지난 13일에 정일훈 씨 댁을 찾아간 거로 아는데, 왜 가셨습니까?"

"응?"

이 사실은 두석규도 모르는 일이었는지, 이번엔 질문을 대신 대답하지 않고 임여우를 보았다. 미간을 찌푸린 그녀가 대답했다.

"재준이 때문이었어요."

"아드님이요?"

"예. 그 인간이 재준이한테 자꾸 돈을 요구하는 것 같아서…"

"아아. 그렇군요."

고개를 끄덕인 김남우는, 흘러가는 말처럼 물었다.

"혹시, 14일 낮 1시부터 4시 사이에는 어디서 뭘 하고 계셨습니까?"

그 질문에 두석규가 참지 못하고 소리쳤다.

"뭐야, 지금! 이 사람이 일훈이를 죽였다고 의심하는 거야?"

"아니요. 참고 삼아 모두에게 드리는 질문입니다."

"보자 보자 하니까, 진짜!"

두석규가 화를 폭발하려 할 때, 임여우가 말리고 나섰다. 그녀는 김남우를 돌아보며 담담하게 말했다.

"전날 늦게 잠드는 바람에, 늦잠을 자고 오후 3시쯤 가게에 나왔어요."

"오후 3시 말입니까. 알겠습니다."

김남우는 머릿속으로 이곳에서 정일훈의 집까지의 거리를 계산해보았다. 동시에, 옆에 있는 두석규를 향해 물었다.

"그럼 혹시, 선생님은 14일에 뭘 하셨나요?"

"종일 가게에 있었소이다! 됐소? 인제 그만합시다! 사람을 범인 취급하고 말이야!"

기어이 두석규는 의자를 박차고 일어났다. 김남우도 쓴웃음을 지으며 자리를 뜰 수밖에 없었다.

가게를 나서며, 공치열이 투덜거렸다.

"형, 오히려 저 두석규라는 양반이 더 의심스럽지 않아? 안 그래? 딱 봐도 사이즈 나오잖아! 친구의 아내를 사랑한 남자! 13일에 임여우가 정일훈을 찾아간 사실을 알게 되고, 질투로 살인!"

"가능성 있는 얘기네."

김남우는 식당 입구에서 챙겨온 두석규의 명함을 갈무리했다.

:
:

김남우 형사의 다음 행보는 뜻밖에도 피해자의 며느리인 홍혜화였다. 그가 가진 형사의 직감이 그녀를 가리키고 있었다. 정확히 설명할 순 없었지만, 그의 경험상 남편이 없는 자리에서 홍혜화를 따로 만나봐야 할 것 같았다.

김남우는 그녀가 운영한다던 학원 건물 앞에 도착하여 위를

목격자

올려다보았다. '초등수학', '초등영어' 따위의 글자가 창문에 붙어 있는 작은 학원이었다. 건물 계단을 오른 김남우가 2층의 학원 문을 열고 들어서니, 서글서글한 인상의 사내가 맞이해왔다.

"어서 오세요!"

김남우를 학부형쯤으로 생각한 듯한 모양새였는데, 20대 후반 정도로 보이는 그는 상당한 미남이었다. 흔치 않은 외모에 살짝 감탄하던 김남우는, 곧바로 목적을 밝혔다.

"홍혜화 씨 계십니까?"

"아, 원장님이요? 아직 안 오셨는데, 무슨 일이신가요?"

"저는 서대문 경찰서 김남우 형사입니다."

"아…"

김남우가 자신을 소개하자마자 사내의 입에서 불쑥, 생각지도 못했던 단어가 튀어나왔다.

"협박 편지 때문에 오셨구나!"

사내는 지레짐작한 듯했지만, 김남우는 굳이 아니란 말을 바로 하진 않았다.

"혜화가 협박편지 때문에 힘들어하더니, 결국 신고했군요. 그러게 진작에 좀 하라니까."

김남우는 여기까지 듣고서야 입을 열었다.

"홍혜화 씨가 누군가에게 협박을 당했습니까?"

"예? 그것 때문에 오신 것 아닙니까?"

"예. 저는 정일훈 씨의 사망 사건을 조사 중입니다. 홍혜화 씨의 시아버님 말입니다."

대번에 눈이 커진 사내는 자신이 혹시 실수한 건가 싶은 표정이었다. 김남우는 빠르게 물음을 던졌다.

"홍혜화 씨가 받았다던 협박편지에 대해 자세히 알고 싶습니다. 무슨 사정입니까?"

"아, 그게…"

"실례지만, 성함이 어떻게 되시죠?"

"아, 예. 김서준입니다."

"예. 서준 씨, 협조 부탁드립니다. 협박편지가 뭡니까?"

김서준은 곤란해 했지만, 똑바로 바라보는 형사 앞에서 입을 다물 순 없었다.

"저도 자세히는 모릅니다. 혜화가 협박편지로 힘들어했다는 것만 압니다. 무슨 협박인지도 모르고요."

"그게 언제부터였습니까?"

"아마 한 달? 좀 넘었을 겁니다. 최근에는 괜찮은 것 같지만, 그때는 협박편지가 계속 왔던 것 같습니다."

"음. 혜화 씨의 분위기는 어땠습니까? 그러니까, 좀 진지하게 겁을 먹은 듯했습니까?"

"예. 그건 정말 희한했습니다. 평소에 절대 보지 못했던 모습이었습니다. 정말 많이 힘들어했습니다."

"그렇군요."

"말이 나온 김에, 형사님이 그 협박범 새끼 좀 꼭 잡아주세요. 도대체 어떤 망할 자식이 그런 협박을 해대는지!"

김서준은 자기 일처럼 분노하고 있었는데, 홍혜화를 몹시 생각하고 있는 듯했다. 김남우는 고개를 끄덕였다.

"예, 알겠습니다. 저희가 알아보고 확실히 처리하겠습니다."

"아, 감사합니다."

김남우는 홍혜화가 올 때까지 시간이 조금 남았다는 이야기를 듣고 기다리기로 했다. 그러는 사이 김서준과 대화를 나눴는데, 그가 홍혜화에 대한 호감이 상당하다는 것을 느꼈다. 학원은 홍혜화와 김서준 둘이서만 작게 운영하고 있었는데, 홍혜화가 고학력에 아이들을 잘 가르치기로 유명해서 입소문이 대단하다고 했다. 그리고 동네 학원 치고는 꽤 수입이 좋다든지, 멀리 이사를 간 뒤에도 다니던 아이가 있었다든지, 둘을 처음 보면 선남선녀 부부로 오해를 자주 한다던가. 김서준은 쓸데없는 이야기를 많이 하는 스타일이었다. 김남우에게는 나쁠 게 없었고, 모든 이야기를 주의 깊게 들었다.

시간이 지나 홍혜화가 생각보다 늦어지자, 김남우가 말했다.

"홍혜화 씨 차가 좀 막히나 봅니다."

"아, 아뇨. 혜화는 항상 버스를 타고 다닙니다. 제가 그래도 학원 원장님이면 차 한 대는 있어야 한댔는데, 무슨 이유에선지 운전면허를 죽어도 안 따요, 걔가."

"그렇군요."

둘이 얘기를 하는 사이에 마침, 문이 열리며 홍혜화가 나타났다. 그녀는 김남우를 보자마자 얼굴을 알아봤는지, 눈에 띄게 놀라며 경직됐다. 하얀 피부에 아담한 체구, 순해 보이는 인상이었다. 김남우가 그녀에게 먼저 다가가 인사했다.

"안녕하십니까? 저는 서대문 경찰서 김남우 형사라고 합니다."

"예, 예… 안녕하세요."

잠시 뒤 세 사람이 의자를 두고 마주했고, 수첩을 꺼낸 김남우가 질문을 시작했다.

"먼저, 남편 분의 알리바이에 대해서 말입니다."

"네?"

"14일 낮 1시부터 4시 사이에, 남편 분께서 학원 일을 도왔다고 한 것 말입니다. 구체적으로 무슨 일을 도왔습니까?"

홍혜화의 눈동자가 작게 흔들렸다. 옆에 있던 김서준도 놀란 눈초리였다. 김남우는 일부러 남편을 의심한다는 어조를 강하게 풍겼다.

"솔직히 말씀드리면, 아내 분의 증언만으로는 알리바이가 성립되지 않습니다. 제삼자가 목격한 것이 있습니까?"

"저, 저희 남편은 절대 아니에요."

"예. 저희도 그렇게 생각합니다만, 남편 분께서 아버지와 사이가 좋지 않았다는 증언이 나와서 말입니다."

홍혜화는 당황스러워하다가, 옆의 김서준을 돌아보며 말했다.

"그날, 서준이 너도 우리 남편 보지 않았어? 새로 캐비넷 들여올 때 말이야."

"어? 아, 그래. 봤지."

김남우는 김서준을 향해 물었다.

"14일 몇 시였습니까?"

"글쎄요. 정확하게는 모르겠지만… 제가 학원에 도착했을 때가 3시 정도 됐을 겁니다. 그때 분명히 정재준 씨가 있었습니다."

"3시요. 그때부터 계속 있었습니까?"

"아, 예. 저녁까지 있었습니다."

"그러면 3시 전에는…"

순간, 홍혜화가 다급히 끼어들었다.

"남편은 1시부터 있었어요. 캐비닛이 1시에 오기로 했는데, 저 혼자서는 옮기고 정리할 수가 없었어요. 그래서 남편이 와서 도와준 거예요. 그렇지, 서준아?"

"아, 뭐…"

김서준이 어정쩡하게 고개를 끄덕이자, 김남우는 애매한 얼굴로 수첩을 끄적였다. 무언가 생각하던 김남우는 곧, 화제를 전환하여 홍혜화에게 가볍게 물었다.

"협박편지를 받으셨다고요?"

"네?"

홍혜화의 표정이 눈에 띄게 반응했다. 몹시 당황스러운 듯, 열린 입이 떨렸다. 김남우가 눈을 빛내며 재차 물었다.

"한 달 전부터 협박을 당하셨다고 들었습니다. 무슨 협박이었습니까?"

"아… 아…"

홍혜화는 이상하리만치 대답을 하지 못했다. 그 모습을 옆에서 본 김서준의 표정이 아차 싶었다. 김남우가 다시 묻자, 홍혜화는 작은 목소리로 고개를 흔들었다.

"아, 아니… 아니에요."

"예? 분명히 협박으로 힘들어하셨다고 들었는데요."

김남우의 의문에, 김서준이 옆에서 난감해했지만, 이미 김남
우는 그의 말을 들을 생각이 없었다.

"홍혜화 씨. 걱정하지 않으셔도 됩니다. 저희가 잘 해결해드
리겠습니다. 무슨 협박이었습니까?"

"아… 아니…"

"설마, 경찰에게는 밝힐 수 없는 문제인 겁니까?"

홍혜화의 얼굴이 새파랗게 질렸다. 김서준은 이 상황이 자신
의 탓인 듯, 안절부절못하며 말했다.

"그럴 리가요. 그냥 프라이버시 때문에 말을 안 하는 거죠. 밝
히기 민망한 일 같은 거겠죠."

"아, 그렇습니까?"

김남우는 김서준에게 대답하면서도 홍혜화를 향한 날카로운
눈초리를 떼지 않았다.

"홍혜화 씨, 그렇습니까?"

"아…"

홍혜화는 김남우의 눈을 제대로 쳐다보지 못했다. 김남우는
계속 압박하며 대답을 요구했다.

"제 생각에 어쩌면, 그 협박편지와 정일훈 씨의 사망이 어떤
관계가 있을 것 같아서 드리는 말씀입니다. 알려주실 수 없으십
니까?"

"아니요, 그런…"

"혹시, 남편 분 때문에 밝히기가 힘드신 겁니까?"

"아, 아니… 아닌…"

홍혜화의 상태는 답답했다. 아무리 물어도 대답이 나올 것 같지 않았다. 김남우는 가만히 그녀를 바라보다가 고개를 끄덕였다.

"알겠습니다. 대답하기 곤란하신 듯하니… 혹시라도 말씀하실 생각이 드신다면 연락해주시길 바랍니다. 시간 내주셔서 감사합니다."

김남우는 명함을 남기고 자리에서 일어나 인사했다. 그때까지도 홍혜화는 제대로 된 말을 꺼내지 못했다.

학원을 나선 김남우가 씁쓸한 얼굴로 어떻게 풀어나갈까 고민하며 계단을 내려갈 때, 그의 뒤를 쫓아온 걸음이 있었다.

"저기!"

김서준이다. 급히 계단을 내려온 그가 망설이다가 물었다.

"혹시 그 살인 사건 용의자가 정재준 씨인 겁니까?"

"꼭 그렇지는 않습니다만… 신경 쓰고 있기는 합니다."

"아…"

김서준은 무언가 찔리는 몸짓으로 계단 위를 살피다가, 얼른 김남우의 손에 쪽지를 쥐어주었다.

"전에 학원에도 협박편지가 왔었는데, 그때 혜화가 버렸던 겁니다. 이게 혹시 도움이 된다면…"

"아!"

"제가 건네주었단 사실은 꼭 비밀로 해주세요."

빠르게 속삭인 김서준은 도망치듯 황급히 계단을 올라갔다.

"하…"

김남우는 김서준이란 남자에게 헛웃음이 나왔다. 그의 연애 관이 어떻든 간에, 김남우로서는 좋은 일이었다. 김남우는 주차 해놓은 차로 돌아와 구겨진 쪽지를 펴보았다.

[5년 전 사건의 목격자입니다. 그 사건이 알려지는 게 싫다면 1,000만 원을 준비하세요.]

"5년 전 사건? 목격자?"

미간을 좁힌 김남우의 고개가 갸웃했다. 5년 전 사건이 뭘까? 홍혜화가 절대 밝힐 수 없는 5년 전 사건?

알 수 없었지만, 5년 전 사건의 목격자가 정일훈이라는 가정으로 머리가 돌아가기 시작했다.

정일훈은 아들 정재준이 돈을 빌려주지 않자, 5년 전 자신이 목격했던 무언가를 이용해서 돈을 뜯어내려고 했다. 정재준은 처음에는 그냥 돈을 주려고 했겠지만, 금액이 천만 원에서 삼천만 원까지 늘어나자, 그 시점에서 참지 못한 정재준이 아버지를 살해했다.

김남우는 그것이 이 사건의 완성형이라고 생각했다. 5년 전 사건이 무엇인지만 알 수 있다면 추궁할 수 있을 텐데, 어디서 그 정보를 얻을 수 있을까?

생각에 잠긴 김남우가 쪽지를 만지작거렸다.

:
:

새하얗게 질린 표정의 홍혜화가 집으로 돌아왔다. 곧바로 정재준을 찾아간 홍혜화는 울먹이며 무언가를 내밀었다.

"오빠! 또 왔어! 어떡해!"

"뭐?"

홍혜화가 내민 협박 편지를 확인한 정재준의 눈동자가 흔들렸다.

[5년 전 사건의 목격자입니다. 3,000만 원을 준비하세요.]

"어떻게 된 거야! 오빠가 그날 돈 주고 약속받았다며!"

"…"

딱딱하게 굳은 얼굴의 정재준이 쪽지를 뚫어져라 노려보았다.

:
:

김남우는 확신했다. 학원에서부터 홍혜화의 반응을 살펴본 결과, 홍혜화는 협박범이 누군지 모른다. 그렇다면 정재준은 어떨까?

그것을 확인하기 위해 정재준의 집을 방문했다.

"한 달 전부터 협박편지를 받으셨다고 들었습니다. 무슨 협박이었습니까?"

김남우의 질문에 정재준의 얼굴이 불편해졌다. 그는 노골적으로 기분 나쁜 티를 내며 말했다.

"저희 부부의 개인적인 이야기입니다. 저희가 말해줄 이유가 없을 것 같습니다. 그리고 지금은 이미 해결된 일이니까 신경 쓰지 않으셔도 됩니다."

"아, 예. 알겠습니다."

김남우는 고개를 끄덕이다가, 반사적으로 물었다.

"5년 전 사건의 목격자가 누굽니까?"

정재준의 두 눈이 사정없이 흔들렸다. 믿을 수 없어 부릅뜬 눈으로 바라보던 그는 곧, 어떤 사실을 떠올린 듯 표정을 일그러뜨렸다.

"당신이 어제 그 쪽지를 보냈습니까?"

"예. 5년 전 사건이 무엇인지 궁금해서 말입니다."

뻔뻔하게 표정을 유지한 김남우는 정재준의 눈을 피하지 않았다. 정재준은 눈을 부라리며 언성을 높였다.

"5년 전 사건 같은 것 없습니다! 목격자니 뭐니 하는 것도 없고, 다 누군가의 장난일 뿐입니다."

"하지만 아내 분의 반응은 그렇지 않은 것 같던데 말입니다."

"원래 겁이 많은 사람이라 그렇습니다!"

"그렇다기엔 과하더군요. 학원에서도 협박편지 때문에 일조차 제대로 못 할 지경이었다고 하던데 말입니다."

"…"

이를 악문 정재준은 차라리, 묵비권을 행사했다. 그 모습에 김남우가 도발적으로 말했다.

"정재준 씨의 알리바이 말입니다. 아내 분의 증언은 인정이 되지 않는 걸 아십니까?"

"…"

"물론, 3시에 정재준 씨를 보았다는 김서준 씨의 증언이 있긴 하지만, 그것만으로는 어려울 겁니다. 김서준 씨가 정재준 씨에게 그리 호의적으로 보이지도 않았고 말입니다."

"…"

끝까지 정재준은 입을 다물었고, 김남우는 그를 더 흔들어보려고 했다.

"혹시 아내 분과 김서준 씨의 관계에 대해서는 어떻게 생각하십니까? 일하는 내내 붙어 있어서 그런지, 과하게 친하던데 말입니다. 학생들이 자주 선남선녀 부부로 오해한다고들 하더군요. 김서준 씨도 그 평가를 싫어하는 눈치가 아니었고 말입니다. 아니, 솔직히 아내 분을 좋아하는 듯했습니다."

"…"

"혹시라도 누군가의 증언으로 불리한 오해를 받는 것보단, 스스로 밝히시는 게 어떨까요?"

그제야 정재준은 입을 열었다.

"제 아내와 김서준은 그냥 친구일 뿐입니다."

"하지만…"

"절대 그럴 일이 없으니, 쓸데없는 걱정은 됐습니다."

"…아내 분을 향한 믿음이 확고하시군요."

고개를 끄덕인 김남우는 정중하게 사과한 뒤 정재준의 집을 나섰다. 생각만큼 수확을 얻지는 못했지만, 한 가지는 확인했다.

정재준은 가짜 협박편지를 보낸 사람이 김남우라는 걸 단번에 알아챘다는 것. 진짜 협박편지가 아니라는 사실을 알고 있었다는 건 꽤 많은 걸 의미했다. 그는 어떤 식으로든 협박범의 상황에 대해 파악하고 있었다. 협박범이 더는 편지를 보내지 않는 것인지, 보낼 수 없는 것인지.

김남우는 점점 스토리가 완성되어간다는 생각을 하며 주차해놓은 차에 올라탔다. 그때, 공치열에게서 전화가 왔다.

"이, 알아봤어?"

김남우는 전화를 받자마자 물었는데, 돌아오는 대답은 그를 당황하게 했다.

"형! 목격자 말이야! 근데 5년 전이면 정일훈은 목격자가 될 수 없겠는데?"

"뭐?"

"5년 전에 정일훈은 교도소에 있었어! 3년 전에 출소했대."

"뭐?"

김남우의 눈동자가 흔들렸다. 그럼, 목격자는 누구지? 정일훈은 협박 편지와 관계가 없다고?

김남우는 애써 맞춰놓은 조각이 틀렸다는 것이 답답했다. 너무 몰입해 있었기에 쉽게 머리를 환기할 수가 없었다. 정일훈 살인 사건과 관계가 없더라도 5년 전 사건을 알아내고 싶었다.

인상을 찌푸린 김남우는 임여우의 식당으로 차를 몰았다. 5년 전 사건에 대한 작은 단서라도 알아보기 위해서.

．
．
．

　저번과 마찬가지로 임여우의 곁에는 두석규가 버티고 앉았
다. 그는 김남우가 반갑지 않은지, 퉁명스럽게 말했다.

　"또 뭐요?"

　쓰게 웃은 김남우는, 임여우를 향해 물었다.

　"혹시 5년 전에 무슨 사건이 있었습니까? 정재준 씨 일이
나… 특별히 기억에 남을 만한 일이 있을까요?"

　임여우와 두석규 둘 다 딱히 무언가 떠오르는 얼굴이 아니었
다. 김남우는 떠보기를 관두고 직설적으로 물었다.

　"정재준 씨가 5년 전의 사건으로 협박을 당했다는 사실을 알
고 계십니까?"

　"협박이요?"

　눈이 휘둥그레진 임여우의 반응은 확실히 처음 듣는 눈치였
다. 김남우는 조금 실망하며 말했다.

　"잘 모르시는군요. 5년 전 사건의 목격자라며 둘을 협박하는
사람이 있었습니다."

　그 순간 두석규의 표정이 묘해졌고, 김남우는 그것을 놓치지
않았다. 김남우가 두석규를 향해 물었다.

　"혹시 짐작 가는 일이 있으십니까?"

　"흠…"

　두석규는 굳은 얼굴로 팔꿈치를 매만졌다.

:

홍혜화는 학원 수업을 대충 마무리 짓고 집으로 돌아가려 했지만, 그러지 못했다. 김남우가 그녀를 막아섰다.

"목격자를 찾았습니다."

홍혜화의 얼굴이 새하얗게 질렸다. 가늘게 떨던 그녀는, 김남우의 다음 말에 심장이 덜컹 내려앉았다.

"교통사고였습니까?"

:

취조실에서 홍혜화와 김남우가 마주했다. 고개 숙인 홍혜화의 안색은 처참했다.

김남우는 한마디도 하지 않고 인내심 있게 기다렸고, 그것만으로 홍혜화가 스스로 입을 열게 했다.

"사, 사고였어요… 어두워서 안 보였어요… 안개도 끼고… 정말로 사고였어요…"

들릴듯 말듯한 홍혜화의 그말, 바로 김남우가 기다리던 대답이었다. 고개를 끄덕인 김남우가 입을 열었다.

"그래서 그날 이후로 운전면허를 따지 않으셨군요."

"예…"

고개 숙인 홍혜화는 떨리는 목소리로 물었다.

"저기, 목격자는…"

목격자

"목격자가 누구일 것 같습니까?"

김남우가 되묻자, 홍혜화는 고개를 흔들었다. 그 모습을 잠시 지켜보던 김남우가 담담하게 말했다.

"5년 전에 사건 현장에 있었던 사람은 홍혜화 씨와 정재준 씨 뿐입니다."

"네?"

"그 교통사고를 목격한 사람이 있을 수 없단 말입니다."

홍혜화의 눈동자가 혼란스럽게 흔들렸다.

"다만."

김남우가 진지한 얼굴로 이어 말했다.

"보지 않아도 목격자가 될 수 있는 방법이 있습니다."

"예?"

홍혜화는 그게 무슨 말인지 이해할 수 없는 표정이었다. 그 시선을 받은 김남우는 다른 이야기를 꺼냈다.

"시부모님이 왜 이혼하셨는지 아십니까?"

"예?"

"저는 알고 있습니다."

김남우의 눈빛이 번뜩였다.

⋮

임여우를 안에 두고, 식당 밖으로 나온 두석규가 김남우에게 어렵게 입을 열었다.

[저 사람이 일훈이 새끼랑 왜 이혼하게 됐냐면…]

．
．
．

　김남우는 홍혜화의 눈을 마주하며 말했다.

　"정일훈 씨와 임여우 씨는 평생 같은 비밀을 공유하고 있었습니다."

　"네?"

　"교통사고로 사람을 죽였다는 비밀 말입니다."

　홍혜화의 눈동자가 더할 수 없이 커졌다.

　"임여우 씨는 평생을 자신이 살인자라는 생각에 얽매여 살았습니다. 3년 전에 진실을 알고 이혼하기 전까지 말입니다."

　"네?"

　"결혼 전, 정일훈 씨는 임여우 씨를 확실하게 붙잡아 두기 위한 계획을 하나 세웠습니다. 가짜로 교통사고를 꾸며내, 그녀가 사람을 죽인 것처럼 만들어, 평생 자신을 벗어날 수 없게 만들 계획을 말입니다."

　"아… 아아…"

　홍혜화의 두 눈이 사정없이 흔들렸다.

　"어두운 밤에 교통사고를 낸 그녀는, 자신이 정말 사람을 죽인 줄만 알았습니다. 정일훈 씨는 그녀 대신 가짜 시체를 처리했고, 그녀 대신 운전대도 잡았습니다."

　"아… 아아!"

창백한 안색의 홍혜화가 도저히 믿을 수 없다는 듯, 떨리는 고개를 내저었다.

"보지 않고도 목격자가 될 수 있는 방법. 홍혜화 씨에게 5년 전에 무슨 사고가 일어났는지, 보지 않아도 다 알고 있는 목격자가 한 명 있습니다. 남편 분께 자신이 썼던 방법을 알려준 사람, 정일훈 씨 말입니다."

홍혜화의 온몸이 덜덜 떨렸다. 김남우는 담담한 표정으로 단언했다.

"홍혜화 씨. 당신은 사람을 죽이지 않았습니다."

"으… 으…"

"당신은 살인범이 아닙니다."

그녀의 부들거리는 눈가로 눈물이 흘러내렸다.

"정재준 씨는 홍혜화 씨를 그 누구에게도 뺏기고 싶지 않았을 겁니다. 시간이 지난 후에라도 언제나 계속 말입니다. 그래서 그는 아버지의 계획을 물려받아 실행했고, 그것은 영원한 비밀로 남겨져야 했습니다. 목격자의 협박편지는 그에게 정말로 커다란 위협이었습니다."

"…"

"사실 정일훈 씨의 협박편지는 처음이 아니었습니다. 살면서 아내를 다잡는 용도로 사용했던 '목격자'라는 협박편지를, 이번엔 아들에게서 돈을 뜯어내기 위해 사용한 것이었죠. 그 사실을 알게 된 정재준 씨는 어떻게 행동했을까요. 예상치 못한 목격자를 어떻게 했을까요?"

김남우의 눈빛이 가라앉았다.

"홍혜화 씨. 지난 14일 낮에 정재준 씨는 정말로, 어디서 무엇을 했습니까?"

"…"

입술을 꽉 문 홍혜화의 얼굴이 부들부들 떨렸다. 볼을 타고 소리 없는 눈물이 계속 흘러내렸다.

그리고 그 순간, 취조실의 문이 거칠게 열리며 정재준이 뛰쳐 들이왔다!

"혜화야! 혜화야! 당신 뭐야? 누구 마음대로 사람을 붙잡아!"

흥분한 정재준을 돌아보는 김남우의 눈빛은 무덤덤했다. 남편을 향해 고개조차 돌리지 않고 있는 홍혜화를 다시 돌아보며.

⋮

휴게실에서 공치열이 김남우에게 커피를 건네며 말했다.

"그래도 정재준이 자백해서 일은 쉬워졌네."

"아내를 잃으면서 다 자포자기한 것 같더라. 그 양반 혹시 자살 안 하나 잘 감시해."

김남우는 커피를 한 모금 홀짝였다. 공치열은 이해할 수 없다는 듯이 말했다.

"아니, 근데, 어차피 사귀는 사이고 결혼할 사이였다는데 왜 그런 또라이 같은 짓을 했을까? 그렇게 여자가 못 미더웠나?"

김남우는 고개를 흔들었다.

"글쎄. 내가 보기엔 아내를 못 믿은 게 아니라, 자신을 못 믿은 거야. 연애에서 상대를 믿는다는 건, 자신에 대한 믿음이 먼저거든. 자신을 못 믿으니까 자꾸 불안해져서 이상한 짓을 하게 되는 거야."

스위치 하나로 바뀌는 내 세상

"사람들이 전부 저를 싫어하는 것 같아요…"

"그렇지 않습니다. 그건 본인이 그렇게 생각하는 것일 뿐이지, 실제 사람들은…"

장진주는 의사의 말을 한 귀로 듣고 한 귀로 흘렸다. 정해진 레퍼토리, 교과서적인 답변이다. 눈앞의 의사에게도 본인은 그저 몇 분짜리 손님 하나에 불과했다.

"…해서, 아무튼. 약을 처방해드리겠습니다. 아셨죠, 장진주 씨? 본인의 마음가짐이 가장 중요합니다."

"네. 감사합니다."

영혼 없이 인사한 장진주는 처방전을 받고 병원을 나섰다. 약국을 향해 가면서도 마음이 우울했다. 왜 사람들은 나만 미워할까? 내 성격이 소심하고 답답해서 그럴까? 내가 사람들과 어울리는 법을 몰라서 그런 걸까?

오늘 하루는 병원을 핑계로 조퇴했지만, 내일 당장 출근해야 하는 게 너무 싫었다. 정말 힘들게 취직했지만 내일 당장에라도 때려치우고 싶은 게 솔직한 심정이었다. 오늘만 해도 그랬다.

[진주야! 너 애가 왜 이렇게 답답하니? 너 우리 회사는 도대체 어떻게 들어온 거니?]

[저, 저는 그냥 양 대리님이 기다리라고 하길래…]

[뭐? 너 지금 핑계 대니? 양 대리 불러와? 삼자대면할까?]

[아, 아뇨. 죄, 죄송해요…]

[뭐가 또 죄송해? 그럼 죄송할 걸 왜 그랬는데? 어이구! 정말 답답해서!]

분명 자신은 잘못한 일이 없는데도 불구하고 모든 잘못은 뒤집어썼다. 점심시간에 자기만 일을 시키고 다 밥 먹으러 간 걸 보고 서러워서 얼마나 울었던가? 장진주는 회사 사람들 모두가 자신을 싫어한다고 생각했다. 아니, 세상 사람들 모두가 자신을 싫어한다고 느껴졌다.

힘없이 걷던 장진주는 다시 눈물이 나올 것 같아 근처 벤치에 앉아 마음을 진정시켰다. 한데 그때,

"세상을 바꾸는 스위치가 있습니다."

장진주는 갑자기 옆에서 들려온 목소리에 화들짝 놀랐다. 어느새 다가온 것인지, 옆자리에 앉은 사내가 장진주를 향해 빙긋 미소 지었다. 그는 손가락으로 앞을 가리켰다.

"저기 나무 보이세요?"

"네? 네?"

얼떨결에 장진주의 시선이 손끝을 따라갔고, 도로변의 가로수를 발견했다.

"저 나무에 스위치가 보이시나요?"

"네? 아니, 무슨…"

장진주는 사내가 무슨 말을 하는 건지, 누구인지, 눈썹을 찡그리며 경계했다. 사내는 눈을 끔뻑하더니,

"너무 먼가? 가까이 가서 보시죠."

"예, 예? 자, 잠깐!"

사내는 다짜고짜 장진주의 팔을 붙잡고 가로수로 이끌었다. 힘없이 끌려간 장진주는 곧, 사내의 손끝이 가리키는 나무를 볼 수 있었다. 거기엔 정말로, 위 아래로 올렸다 내릴 수 있는 스위치가 하나 붙어 있었다.

"이 스위치는 세상을 바꾸는 스위치죠."

"무, 무슨 말이세요? 왜 이러세요?"

장진주는 사내를 두려워했지만, 사내는 빙긋 웃으며 말을 이었다.

"이 스위치를 올리면, 당신의 세상이 바뀝니다. 당신을 싫어하는 사람들은 당신을 좋아하게 되고, 당신을 좋아하는 사람들은 당신을 싫어하게 되죠."

"뭐라고요?"

사내의 황당한 말에 장진주의 눈썹이 구겨졌다. 무슨 사이비 종교인가 싶은 눈빛으로 노려보았지만, 사내는 어깨를 으쓱했다.

"올리고 말고는 본인 마음이니 마음대로 하세요. 그럼 전 이

만."

사내는 미련 없이 그대로 돌아서 떠나갔다. 어이없는 얼굴로 사내의 뒷모습을 보던 장진주는 자신도 모르게 중얼거렸다.

"날 싫어하는 사람들이 나를 좋아하게 된다고?"

가만히 스위치를 바라보던 장진주가 작게 고개를 흔들었다. 말도 안 되는 바보 같은 짓인 걸 알면서도,

"그랬으면 얼마나 좋을까."

딸깍!

스위치를 위로 올렸다.

　　　　　　　　　　　.
　　　　　　　　　　　.
　　　　　　　　　　　.

"엄마, 나왔어!"

장진주는 힘없이 현관문을 열고 집으로 들어섰다. 한데, 다녀왔다는 인사에도 아무런 대답이 돌아오지 않았다. 엄마가 어디 갔나 싶어서 거실을 보니, 소파에 앉아 TV를 보고 있었다.

"엄마?"

불러도 대꾸 없이 TV에 열중하고 있는 엄마의 모습은 평소와 달랐다. 장진주는 약간 의아하게 눈썹을 좁히다, 외투를 벗으며 말했다.

"엄마, 나 오늘 병원에서…"

한데 그 순간, 엄마가 갑자기 소리를 질렀다.

"넌 옷을 아무 데나 벗어놓고 다니니!"

"으, 응?"

엄마가 내게 짜증을 내다니? 날카로운 엄마의 목소리에 장진주의 눈이 커졌다.

"맨날 싸돌아다니지 말고, 일찍 일찍 다니면서 집 안 청소도 하고 좀 그래!"

"어, 엄마? 말했잖아! 나 지금 병원 갔다 오는 길인데…"

"병원은 무슨! 너가 몸이 아프니, 어디가 아프니? 정신병원 다니는 게 뭐 벼슬이라고! 내가 창피해서, 진짜!"

"엄마…"

장진주의 두 눈이 흔들렸다. 평생 처음 보는 엄마의 낯선 모습이었다. 항상 따뜻하던 엄마가 왜? 이해할 수 없던 그 순간,

"아! 서, 설마?"

장진주의 머리에 번쩍하고 스위치가 스쳐 지나갔다.

[이 스위치를 올리면, 당신의 세상이 바뀝니다. 당신을 싫어하는 사람들은 당신을 좋아하게 되고, 당신을 좋아하는 사람들은 당신을 싫어하게 되죠.]

"진짜였단 말이야?"

장진주는 경악한 얼굴로 엄마를 바라보았다. 엄마는 세상 한심하다는 얼굴로 장진주를 보며 짜증을 냈다.

스위치 하나로 바뀌는 내 세상

"어휴, 취직하면 뭘 해! 나약해빠져가지고!"

"으… 으…"

장진주의 얼굴이 일그러졌다. 당장 가서 스위치를 원래대로 하기 위해 현관으로 돌아섰다. 한데,

"자, 잠깐만, 그렇다는 건…"

멈춰선 장진주는 회사를 떠올렸다. 그 누구도 자신을 좋아하지 않는 회사 말이다.

돌아서서 엄마를 보던 장진주는 하루만 견뎌보기로 결정했다. 내일 회사에서 어떻게 될지, 궁금해 미쳐버릴 것 같았으니까.

:
:

"어머, 진주야! 좋은 아침! 벌써 출근했어? 역시 부지런하네."

"네? 네?"

"커피? 커피 한잔할래?"

"네?"

장진주는 놀란 눈으로 임 과장을 보았다. 그동안 절대 들어본 적이 없었던 말투와 톤이었다. 어안이 벙벙하여 있는데 멀리서,

"진주 씨!"

양 대리가 급히 달려오더니, 90도로 고개 숙여 사과하는 게 아닌가?

"진주 씨, 어제 내가 정말 미안했어! 내가 기다리라고 해서 욕 많이 먹었지? 아, 내가 진짜 죽일 놈이야!"

장진주는 도무지 믿을 수가 없었다. 항상 자신을 깔보고, 무시하고, 탓하던 사람들이, 180도로 바뀌어 살가운 미소를 짓는 모습이라니?

그녀의 경직된 입가가 점차 씰룩이며 웃음이 새어나왔다. 정말이구나! 정말로 모두가 나를 좋아하게 됐어!

"역시, 진주 너는 웃을 때가 정말 예쁜 것 같아. 호호!"

"아…"

재수 없으니까 웃지 말라는 말을 들었던 게 얼마 전이었는데.

"과장님! 오늘 점심 메뉴는 진주 씨가 정하는 걸로 할까요?"

"그럴까? 진주야, 뭐 먹고 싶어?"

"아, 예. 전 아무거나…"

"아이, 말해봐! 뭐 먹고 싶은데?"

"아…"

장진주는 자신을 따뜻하게 바라보는 얼굴들에 적응이 안 될 지경이었다. 처음 본 표정이었고, 처음 본 대우였다. 다만 모든 것이 너무나, 너무나도 좋았다.

⋮

장진주는 싱글벙글 신이 나서 회사 복도를 걸었다. 회사의 모두가 자길 좋아할 거라 생각하니 좋아서 팔짝 뛸 것만 같았다. 오전 내내 상황에 적응한 지금은, 아는 얼굴을 마주치면 먼저 달려가 웃으며 말을 걸었다.

스위치 하나로 바뀌는 내 세상

"최 부장님! 어디 가세요?"

"잠깐 요 앞에… 자네는 어디 가나?"

"예. 전 복사실 가요!"

"그래. 수고하게나."

"네!"

만나는 사람들 마다 자신을 좋아하니까, 너무나 행복했다. 이런 세상이 있다니! 장진주에게 있어 나무의 스위치는 힘들게 살아온 자신에게 하늘이 내려준 축복이었다. 한 가지 걱정이라면, 자신을 좋아하던 사람, 그러니까 가족과 친한 친구들이 걸리긴 했었지만,

"그것도 문제없지!"

장진주는 퇴근길에 그 나무를 찾아갔다.

딸깍!

올라가 있던 스위치를 내린 장진주는 씩 웃었다.

"완벽해!"

장진주의 계획은 이랬다. 저녁에 퇴근하는 길에 나무에 들러 스위치를 내리고, 아침에 출근하면서 다시 스위치를 올린다. 그러면 회사에서도, 회사 밖에서도 모두가 자신을 좋아하게 된다. 회사와 나무가 30분 거리에 있어서 돌아가야 한다는 게 번거롭긴 했지만, 그 정도는 얼마든지 감수할 수 있었다.

만족스러운 하루를 보내고 집으로 돌아온 장진주는 바로 엄마에게 달려갔다.

"엄마, 나 왔어!"

"어. 왔어?"

"휴… 엄마!"

"응? 왜?"

장진주는 곧장 엄마의 품에 안기며 안심했다. 자신이 알고 있던 따뜻한 엄마가 맞았다. 엄마는 걱정스럽게 장진주를 쓰다듬었다.

"왜? 또 회사 일이 힘들었어?"

장진주는 함박웃음을 지으며 고개를 흔들었다.

"아니 아니! 너어무 좋았어!"

"어머? 그래? 다행이다."

진심으로 기뻐하는 엄마의 모습에 장진주는 헤헤 웃었다.

"아참! 엄마, 나 내일부턴 30분 일찍 출근해야 하니까. 일찍 깨워줘야 돼! 응?"

"30분 일찍? 그래, 알았어."

"헤헤. 엄마, 나 밥! 밥!"

장진주는 세상 행복한 얼굴로 아무 걱정 없이 웃었다.

.
.
.

"좋은 아침이에요!"

장진주는 사무실에 들어서자마자 크게 인사했다.

"어, 진주 씨 왔어?"

스위치 하나로 바뀌는 내 세상

"진주야, 안녕~"

"좋은 아침~"

장진주는 밝게 웃었다. 사무실의 모두가 자신의 인사를 무시하지 않고 받아주는 게 너무나 기뻤다. 자리에 앉아 싱글벙글 가방을 내려놓는데, 어느새 다가온 동기 임여우가 말을 걸었다.

"진주야 진주야!"

"응? 어, 여우야."

장진주는 살갑게 다가오는 임여우를 보며 잠깐 착잡한 기분을 느꼈다. 그래도 임여우는 자신에 대해 별다른 감정 자체가 없을 거라 생각했었는데, 이제 보니 속으로는 자신을 많이 싫어했었던 모양이다.

"진주야, 너 옆 부서 정재준 씨 알지? 너랑 맨날 복사실에서 만나잖아."

"응? 어어. 알아. 왜?"

"들자 하니, 어제 그 사람이 너 소개시켜달라고 주변에 엄청 티내고 다녔다던데?"

"뭐야?"

장진주의 얼굴이 복잡하게 일그러졌다. 갑자기 나를 좋아한다고? 그럼 그동안 날 엄청 싫어했다는 것 아니야?

"이런 씨!"

"너는 어때? 그 사람 꽤 잘생겼잖아!"

"됐어! 내 스타일 아니야."

"음? 그래? 아쉽네. 너 되게 마음에 들어 하는 것 같던데."

"에휴."

한숨을 내쉰 장진주의 얼굴이 복잡해졌다. 이걸 좋아해야 할지, 말아야 할지.

그날 오후. 복사기 앞에 선 장진주는 일하는 게 너무 즐거워 콧노래를 흥얼거렸다. 그때, 누군가 다가왔다.

"저기, 진주 씨."

"네?"

정재준이었다. 그를 확인한 장진주의 표정이 단박에 복잡해졌다.

"혹시 주말에 시간 있으시면… 아니다, 언제라도 좋으니 저와 데이트 한번 하지 않으시겠습니까?"

"하아…"

장진주는 작게 한숨이 나왔다. 도대체 얼마나 자신을 싫어했었길래 이렇게 적극적으로 호감을 나타낸단 말인가?

"아 혹시, 부담되시나요? 죄송합니다. 데이트는 너무 갑작스러울지 몰라도, 진주 씨와 친하게 지내고 싶은 마음은 진심입니다."

"아, 예…"

씁쓸한 얼굴의 장진주는 대충 고개를 끄덕거렸다. 확실히, 임여우의 말대로 정재준이 잘생기긴 했다. 진실한 표정에다가 조심스러운 말투도 매너가 있었다. 참 괜찮은 사람인데, 이 씁쓸한 감정은 어쩔 수 없었다.

스위치 하나로 바뀌는 내 세상

[진주 씨! 장난해? 일을 그렇게 하면 어쩌자는 거야!]

"네… 죄송합니다… 죄송합니다."

저자세로 전화를 받던 장진주는, 통화가 끝나마자마 소리 질렀다.

"으아아아아!"

너무 괴로웠다. 전화라니? 집에 있을 때 전화를 거는 건 반칙 아닌가? 회사에서는 그렇게 살갑던 상사가, 퇴근 후에 스위치를 내렸다고 전화로 구박하는 건 정말 견디기가 힘들었다.

"아, 망할! 이건 생각도 못 했는데. 아이씨, 퇴근 후에는 핸드폰을 꺼놔야 하나?"

장진주는 짜증이 났지만, 예전처럼 죽고 싶을 만큼 우울하지는 않았다. 어차피 내일이 되면 또 기분 좋게 하하 호호 지낼 사람이니까 걱정이 없었다. 며칠 전까지만 해도 병원 신세까지 져야 했던 것에 비하면, 장족의 발전이었다.

"그러거나 말거나… 이건 어쩌지? 에휴!"

장진주는 포스트잇 쪽지를 만지작거렸다. 오늘 회사에서 정재준에게 커피와 함께 건네받은 쪽지였다.

[날씨가 좋네요. 마블 영화 개봉 소식 들으셨어요?]

"에휴!"

정재준이 벌써 며칠째 노골적으로 호감을 표시해왔다. 문제는, 점점 그게 싫지가 않아진다는 것이었다. 분명 스위치 효과 때문이라는 걸 알면서도, 정재준이라는 사람이 워낙에 괜찮아 보였다.

"그래도… 스위치를 내린 지금 연락하면 단번에 퇴짜 맞겠지? 하하."

장진주는 피식 웃으며 쪽지를 접었다.

.
.
.

"으, 지친다… 왜 이렇게 야근이 많아?"

사람이란 참 간사한 동물이었다. 스위치를 알게 된 얼마 전까지만 해도 회사에 오는 게 너무나 즐겁고 일하는 게 너무나 즐거웠던 장진주다. 한데 지금은 일하는 게 귀찮고 지칠 뿐이었다.

"에휴. 진주가 고생이 많네! 커피 한잔할래?"

"예, 언니! 좋죠."

"그래. 언니가 쏠게! 가자!"

물론, 예전에 비하면 훨씬 웃을 일도 많고 좋았다. 그래도 역시 일은 일이다.

"으… 야근 싫다!"

"나도 그래, 애. 호호."

.
.
.

딸깍!

스위치 하나로 바뀌는 내 세상

장진주는 지친 얼굴로 나무의 스위치를 내렸다.

"에휴. 너무 멀어 멀어… 몇 시야 벌써?"

야근까지 하고 힘든 퇴근길에 30분이 넘는 거리를 돌아서 가려니 죽을 맛이었다. 게다가 내일도 아침 일찍 나와서 스위치를 올려야만 했으니, 얼른 들어가서 일찍 자야 했다.

"에휴."

한숨이 늘어나는 요즘이었다.

:
:

"주말에 또 어딜 싸돌아다녀? 또 정신병원 가냐? 미친 것!"

"으으…"

장진주는 엄마의 싫은 소리를 애써 흘려 넘겼다. 주말이었지만, 어쩔 수 없이 스위치를 올려둔 상황이었다. 왜냐면,

"아, 나 데이트 간다고. 데이트! 정신병원은 무슨!"

"데이트? 하이고! 너 같은 거 좋다는 남자가 세상에 어딨니?"

"어휴!"

한숨을 내쉰 장진주는 애써 엄마의 말을 무시하고 준비했다. 오늘이 정재준과의 첫 데이트니까 꾸미는 게 더 중요했다.

＊
＊

"아이언맨은 정말 로다주가 딱인 것 같아요."

"그러니까 말입니다. 괜히 출연료가 그렇게 비싼 게 아니죠."

영화를 보고 난 뒤, 저녁을 함께하는 장진주와 정재준의 얼굴이 만족스러워 보인다. 장진주는 새삼, 정재준을 다시 봤다. 만나보니 자신과 너무 잘 맞았다. 10년 된 친구를 만나는 기분이었다. 정말이지, 스위치 효과라는 것만 신경 쓰이지 않았다면, 백번 천번이라도 사귀었을 남자였다.

"진주 씨는 참 성격이 좋으신 것 같습니다. 정말로 제 이상형이에요."

"네? 갑자기요?"

"하하. 사실 저는 진주 씨처럼 마음이 좋은 분이 너무 좋거든요. 결혼을 해도 꼭 진주 씨 같은 분과 해야겠다고 생각했었죠."

장진주의 얼굴이 확 붉어졌다. 태어나서 남자가 이렇게 노골적으로 고백해준 적이 있었나 싶었다. 정재준의 따뜻한 미소를 보며, 장진주는 생각했다.

그래. 까짓 거, 못 사귈 게 뭐야? 스위치를 올려놓고 만나면 되잖아!

＊
＊

"뭐야, 엄마! 나 왜 안 깨웠어? 지각이잖아!"

스위치 하나로 바뀌는 내 세상

"아까 분명히 깨웠는데 니가 다시 잠들었잖니~"

"어떡해! 으아!"

장진주는 허둥지둥 집을 나섰다. 지금 당장 가도 지각이었다. 도저히 스위치를 올리러 갈 시간이 모자랐다. 숨 가쁘게 내달리면서도, 밀려드는 불안함에 얼굴색이 안 좋아졌다.

아니나 다를까, 회사에 도착하자마자 장진주의 불안은 현실이 되었다.

"너 미쳤니? 정신 나갔어?"

"죄, 죄송합니…"

"넌 도대체 뭣 하러 회사에 나오는 거니? 어휴, 꼴 보기 싫어!"

장진주의 안색이 창백하게 식었다. 예상보다 훨씬 더 충격이 컸다. 그동안 편하고 좋게 지내던 회사 사람들이 순식간에 차가워지는 모습은 너무나 무서운 일이었다. 회사 사람들 모두에게 구박을 받으면서도, 장진주의 머릿속은 오직 한 가지 생각으로 가득했다.

스위치를 올리고 왔어야 해! 스위치! 지금 당장 스위치를 올려야 해!

장진주는 앞으로 반나절을 지각하는 일이 생기더라도 무조건 스위치를 올리겠다고 다짐, 또 다짐했다.

⋮
⋮

"오늘도 고생 많았어, 진주야."

"예, 언니도 수고 많으셨어요."

늦은 밤. 피곤한 야근을 마친 장진주는 고민했다. 스위치를 내리러 가는 게 너무 귀찮았다. 거기까지 언제 돌아갔다가 집에 가서 쉴까? 또 아침이면 다시 올리러 가야 하는데?

"아이, 몰라! 오늘은 그냥 가자!"

고민하던 장진주는 그냥 스위치를 그대로 두기로 했다. 어차피 지금 자신을 좋아할 사람을 만나게 될 일이라곤 엄마밖에 없었다. 엄마가 나를 싫어하게 되는 것이야 하루 정도는 충분히 참을 수 있었다.

⋮

카톡. 카톡. 카톡.

"뭐가 그렇게 울려? 무음으로 해, 좀! 넌 어쩜 그렇게 이기적이니!"

노골적인 엄마의 짜증에도 장진주는 그러려니 했다. 벌써 사흘째 스위치를 올려놓은 상태로 건드리지 않은 참이었다.

"아, 알았어. 좀! 무음으로 해놓으면 되잖아!"

"저 년이 지가 잘못해놓고 어디서 성질이야?"

"에휴."

장진주는 엄마를 무시하며, 정재준과의 카톡 대화를 이어갔다. 스위치를 내렸다면, 정재준과 이렇게 달달한 카톡을 할 수

스위치 하나로 바뀌는 내 세상

없었다. 스위치를 내렸다면, 내일 아침에도 30분 일찍 출근해서 스위치를 올려야 했다. 거기다 퇴근하고 나서 또 스위치를 내려 야 하고. 정말 번거롭고 귀찮은 일이었다.

장진주는 어느새 스위치를 올려놓는 생활에 익숙해져 갔다. 그것이 훨씬 괜찮다고 생각했다. 엄마가 자신을 싫어하게 되는 것도 이젠 익숙해져서 그런지 참을 만했다. 굳이 항상 엄마랑 잘 지낼 필요가 없다 생각했다. 언제라도 필요해지면 가서 스위치 를 내리면 되니까.

⋮

전화 받으세요~ ♬

회사 복도를 걷던 장진주는 핸드폰 액정을 힐끔 확인하고 인 상을 찌푸렸다. 엄마 전화였지만, 지금은 회사였다. 스위치가 올 라간 상태에서 엄마의 전화를 받고 싶지 않았다. 그녀는 그냥 전 화를 끊어버렸다. 옆에서 그 모습을 본 임 과장이 물었다.

"진주야, 누구 전화데 그렇게 끊어?"

"예? 아, 그냥… 엄마요."

"엄마? 왜? 엄마랑 싸웠어?"

"아뇨. 싸운 건 아닌데…"

장진주는 뭐라고 말해야 할지, 할 말을 찾지 못했다. 싸운 건 아니지만, 뭐라고 해야 한단 말인가? 엄마가 자신을 싫어한다고?

할 말을 찾던 장진주의 머리가 점점 복잡해졌다.

"어라?"

자신이 유일하게 세상에서 가장 좋아하던 엄마가, 이젠 자신에게 거북스러운 존재가 되어 있다니… 이건 조금 이상했다. 아니, 많이 이상하다.

인상을 찡그린 장진주는, 오늘은 꼭 퇴근길에 스위치를 내리고 가야겠다고 다짐했다. 그때, 멀리서부터 정재준이 달려왔다.

"진주야!"

"아?"

임 과장이 옆에서 눈웃음을 흘렸다.

"어머! 진주 네 애인 왔다. 호호호."

"아이, 아직 애인 아니에요!"

"뭐가 아직은 아니야? 이미 다 소문 났구만!"

장진주는 그냥 쑥스럽게 웃었다. 곧, 살갑게 웃으며 다가온 정재준이 커피를 건넸다. 그러자 임 과장이 웃으며 농을 던졌다.

"뭐야? 진주 거만 가져온 거야? 애인 없는 사람 서러워서 살겠어?"

"하하. 같이 계신 줄 모르고… 다음엔 꼭 과장님 것도 가져오겠습니다!"

"됐네 됐어! 아유, 눈치 좋은 노처녀는 이제 그만 빠져줘야겠네. 진주야, 천천히 들어와."

훈훈한 분위기 속에서 둘만 남게 되자, 정재준이 장난스럽게 말했다.

　　　　　　　　　　　　스위치 하나로 바뀌는 내 세상

"나 오늘 개인 방송할 건데."

"개인 방송? 무슨 방송? 인터넷?"

"응. 너한테만 보여줄 방송."

"뭐? 그게 뭐야?"

생각도 못한 말에 장진주는 웃음이 터졌다. 정재준은 괜히 손을 흔들며 당부했다.

"하여간, 준비한 거 많으니까! 오늘 집에 가서 꼭 접속해야 돼!"

"아, 뭘 준비했다고 참…"

행복하게 웃던 장진주는 잠깐, 머릿속에 한 가지가 걸렸다. 오늘은 꼭 스위치를 내리고 집에 가려 했었는데.

"…"

"진주야?"

에이, 뭐 어때? 내일 내리지!

"알았어! 꼭 볼게!"

장진주는 밝게 웃었다.

⋮

"스위치 안 올린 지가 벌써 보름 정도 됐나? 에휴."

장진주는 퇴근 후 집 앞에만 도착하면 항상 기분이 상했다. 스위치를 내리고 왔어야 했나 싶다가도, 막상 내리러 가긴 귀찮았다. 퇴근 후에 정재준의 태도가 급변하는 것도 껄끄러웠고 말이다.

한숨을 쉰 장진주가 현관문을 넘어서자마자, 예상했던 대로 엄마의 욕설이 날아왔다.

"저, 저! 저 쌍년 왔네! 너 지금 돈 좀 번다고 유세 떠는 거야 뭐야? 왜 엄마 전화를 다 씹어?"

"아, 정말!"

장진주는 인상을 구기며 엄마의 말을 무시했다. 그럴수록 엄마가 더 막말을 했지만, 장진주는 그냥 참았다. 엄마의 상처 주는 말과 행동들은 당장 달려가서 스위치를 내리고 싶게 만들었지만, 여러 가지로 귀찮고 복잡했다. 그냥 한 귀로 듣고 한 귀로 흘리고 말지. 한데,

"이 이기적인 년아! 넌 내일이 엄마 생일인 건 알아?"

"아! 맞다! 엄마 생일인가?"

"몰랐지? 이럴 줄 알았어, 이년! 내가 너를 낳은 게 후회된다 후회돼! 진짜 너 같은 건 낳지 말았어야 하는데!"

"아, 무슨 그런 말을 해!"

"닥쳐, 이년아! 꼴 보기 싫어서 진짜!"

"으…"

장진주는 끔찍하게 구겨진 얼굴로 엄마를 보면서, 내일은 무슨 일이 있어도 꼭 스위치를 내려야겠다고 생각했다. 내가 사랑하는 엄마의 생일은, 날 사랑하는 엄마에게 축하해주고 싶었고, 그게 당연했다.

스위치 하나로 바뀌는 내 세상

⋮

    지하철역 계단을 오르는 장진주의 발걸음이 조금 빨랐다. 오늘은 얼른 스위치를 내리고, 엄마와 맛있는 거라도 먹으러 가서 생일을 축하할 계획이었다. 한데, 지상으로 나온 장진주의 눈동자가 사정없이 흔들렸다.

    "뭐… 뭐야?"

    근처 도로변 가로수들이 다 베어져, 밑동만 남아 있는 게 아닌가?

    "뭐야? 아, 아니, 아니!"

    심장이 덜컥 내려앉은 장진주는 미친 듯이 달렸다. 설마? 설마!

    스위치가 달린 나무 앞까지 도착한 장진주의 입에서 비명이 터졌다.

    "아아아아아아!"

    없었다. 나무도, 스위치도 없었다. 장진주는 다리에 힘이 풀려 주저앉았다. 충격에서 헤어나오지 못하고, 멍청한 얼굴로 있었다.

    "어떡해… 어떡해… 어떡해…"

    머릿속이 새하얘진 장진주는 곧, 눈물이 왈칵 쏟아졌다.

    "엄마! 엄마! 우리 엄마, 어떡해! 엄마! 엄마! 우리 엄마, 어떡해!"

    장진주는 이제 다시는, 자신을 사랑하는 엄마를 만날 수 없게 되었단 걸 깨달았다. 자신을 싫어하는 엄마와 평생 살아야 한다는 걸 깨달았다. 단 한 번도 생각해보지 못했던 일이었다. 믿을 수가 없고, 믿고 싶지도 않았다. 그녀는 미친 듯이 도리질 치며 엉엉 소리 내 울었다. 지나가는 사람들이 장진주를 미친 여자처럼 쳐다봐도, 목 놓아 엄마만 부르며 울어댔다.

그때,

"이런, 다 큰 여자가 이렇게 눈물을 흘리면 꽤 흉한데 말입니다."

어느새 다가온 것인지, 한 사내가 장진주의 옆에 앉아 손수건을 건네고 있었다. 바로 장진주에게 스위치를 알려주었던 그 사내였다. 두 눈을 부릅뜬 장진주가 얼른 사내에게 매달렸다.

"아, 아저씨! 아저씨! 스위치가 없어졌어요! 스위치요. 아저씨! 우리 엄마! 우리 엄마, 어떡해요! 네? 스위치 찾아줘요!"

울고불고 매달리는 장진주를 딱하게 쳐다보던 사내는 말했다.

"꽤 괜찮은 전략이었는데 말입니다. 출근할 때는 스위치를 올리고, 퇴근할 때는 내리고."

"제발요! 스위치 좀 찾아주세요!"

"왜 계속 전략대로 하지 않으셨습니까? 왜 어머니가 본인을 싫어하는 모습을 그대로 둔 겁니까? 왜 그것을 기꺼이 감수한 겁니까? 만약 스위치가 아래인 상태였다면 이럴 일도 없었을 텐데 말입니다."

"잘못했어요! 제발 스위치 좀 찾아줘요! 제발요, 아저씨!"

장진주가 떼를 써도, 사내는 냉정하게 할 말만 했다.

"가로수 조경사업이랍니다. 메타세쾨이어 나무가 좋지 않아서 교체한다나? 그거 아세요? 이 나무는 오늘 새벽에 베어졌습니다. 어젯밤에만 오셔서 스위치를 내려놓았더라면 이럴 일은 없었을 텐데… 귀찮으셨죠? 엄마보다 당장 더 좋은 관계를 유지하고 싶었던 사람이 많았죠? 엄마야 언제라도 내 옆에 있을 테니, 괜찮을 거라 생각하셨죠?"

"으으…"

"인간이란 게 참 그래요. 하하."

사내는 냉정하게 자리에서 일어났다.

"안, 안 돼! 안 돼요!"

장진주는 사내의 바짓가랑이를 붙잡고 울며불며 매달렸다. 그는 가만히 장진주를 내려다보다가, 한숨을 내쉬며 다시 자리에 앉았다.

"딱 한 번뿐입니다."

"예? 네네!"

사내는, 주머니에서 스위치를 꺼냈다.

"감사합니다!"

장진주가 얼른 손을 뻗었지만, 사내가 막아섰다.

"잠깐! 잘 생각해야 합니다."

"네?"

"이 스위치를 올리고 내릴 수 있는 기회는 딱 한 번뿐입니다. 이제 다시는 건드릴 수가 없어요. 지금 당신을 좋아하고 있는 사람들은 모두 당신을 싫어하게 될 겁니다."

"아…"

사내는 확실하게 말을 한 뒤, 장진주의 손 위에 스위치를 올려주었다.

스위치를 바라보는 장진주의 눈동자가 마구 흔들렸다. 머릿속에 예전의 일들이 스쳐 지나갔다. 회사에서 왕따처럼 지내던 날들. 무시 당하고, 욕먹고, 모두가 자신을 싫어하던 그 시절로 돌아가야 한다고? 그리고 정재준은? 만약 스위치가 내려간다면 그 남자는?

장진주의 얼굴이 엉망진창으로 일그러졌다. 스위치를 잡는 손이 덜덜 떨렸다.

"으… 으…"

장진주는 부들부들 떨기만 할 뿐, 스위치를 쉽사리 내리지 못했다. 끝내 왈칵 눈물을 터트린 장진주가 사내를 보며 웅얼거렸다.

"무서워요. 너무 무서워요…"

가만히 내려다보던 사내는 픽 웃었다.

"세상 모두가 당신을 좋아할 순 없어요. 두려워하지 마세요. 인생을 살다 보면, 나를 싫어하는 백 명 같은 건 전혀 중요하지 않습니다. 정말입니다. 깜짝 놀랄 만큼 중요하지 않지요. 그보단, 나를 정말로 사랑해주는 단 한 명이 훨씬 더 중요하죠."

"…"

"이 스위치처럼 간단하지는 않겠지만, 사람들은 누구나 마음속에 스위치를 가지고 있습니다. 당신도 있고, 직장 동료들도 있고, 엄마도 있지요. 누구나 마음만 먹으면, 언제라도 그 스위치를 올리고 내릴 수 있습니다. 당신이 움직여야 할 스위치는 당신 마음속에 있는 스위치입니다. 남들은 중요하지 않아요. 내 자신이 중요하지."

"…"

스위치를 잡은 장진주 손의 떨림이 조금씩, 조금씩, 점차 멎어 들었다.

딸깍!

．
．
．

"후…"

사무실 문 앞에 선 장진주는 심호흡을 했다. 이제, 다시 되돌아온 진짜 내 세계의 첫 출근 날이었다. 가만히 문을 바라보던 장진주는 마음속으로 스위치를 떠올리며, 문을 힘껏 열었다.

"안녕하십니까!"

벌써 여섯 번째 소설집입니다. 제가 이야기를 많이 써서 그런지 책이 너무 빨리 나와버렸습니다.

저는 평생 이렇다 할 취미나 특기가 없었습니다. 그나마 게임인데, 그것도 나이를 먹을수록 시들해졌습니다. 왜 그럴까를 생각해보면, 제가 무척 게으른 사람이기 때문입니다.

무언가에 중독된다는 건 부지런함을 요구합니다. 게으른 사람에게는 게임 중독으로 밤새우는 것도 일이고, 술 중독으로 퍼마시는 것도 일이고, 낚시, 당구, 운동 중독도 다 일입니다. 그래서 전 태어나 32년간 취미가 없었습니다. 32년 만에 처음으로 생긴 취미가 바로 글쓰기입니다. 아마 중독된 것 같습니다. 그러니까 이렇게 많이 썼겠죠.

이거 말고는 아마 평생 무언가에 중독될 일이 없을 것 같습니다. 그래서 참 소중하네요. 제게 있어 글쓰기는 보는 사람이 있어야지만 성립합니다. 이렇게, 제 소중한 중독을 지켜주셔서 정말 감사합니다.

제 글은 무척 짧습니다. 책을 낸 후 가장 많이 듣는 이야기 중 하나가 '장편'을 써볼 생각이 없느냐는 것입니다. 안 쓰는 게 아니라 못 쓰는 것이긴 한데, 이번 6권은 그래도 최대한 열심히 길게 써보려고 노력한 이야기들입니다. 과연 더 재미있을지 어떨지, 잘 봐주셨으면 합니다!

작가의 말

김동식 작가를 수식하는 단어들은 많다. 온라인 게시판에 '복날은 간다'라는 필명으로 300여 편이 넘는 단편소설을 연재하는 동안 독자들은 그를 '괴물 같은 작가'라고 불렀고, 『회색 인간』이라는 첫 번째 소설집이 나온 이후에는 '전에 없던 작가'라든가 '새로운 시대의 작가'라는 평가도 덧붙었다. 그는 2018년 상반기에 김동식 신드롬이라고 불러도 좋을 만한 큰 관심을 받았다. 여기에는 주물공장 노동자 출신이라는 독특한 이력과 댓글로 글을 배웠다는 그의 고백도 한몫을 했지만, 무엇보다도 작품이 '재미'있었기 때문이었다. 결국 그를 시대의 작가로 견인해 낸 것은 소수의 심사위원이나 문단에 영향력을 가진 대형출판사가 아니라, 온라인 공간에서 그의 글을 읽어온 무수한 개인들이었다. 책이 출간되었을 때 그들은 구매인증 릴레이를 펼치며 "나는 글 300편을 다 읽었지만 당신이 작가로서 잘되기를 바라기 때문에 굳이 책을 샀어요."하고 말했다. 그렇게 김동식이라는 작가가 세상으로 나왔다. 내가 그 과정에 다소간 참여할 수 있었다는 것이 몹시 기쁘다.

내가 김동식 작가를 처음 만난 것은 2017년 9월, 서울 성수

동의 모 프랜차이즈 카페에서였다. 그가 아직 인터넷 게시판에
만 글을 쓰고 있을 때다. 〈기획회의〉라는 잡지의 인터뷰를 핑계
삼았지만 사실은 순수한 팬심으로 그와 만났다. 3일에 한두 편
의 단편소설을 쓰는 성실함과, 지금까지 별로 본 일이 없는 그
작법과 기발함이 어디에서 나오는지 몹시 궁금했다. 간단한 인
사를 나누고 내가 그에게 건넨 첫 마디는 "뭘 드시겠어요?"하는
것이었다. 그러면서 그가 아메리카노라든가 얼그레이라든가 하
는 것을 주문하겠다고 짐작했다. 그러나 그의 답은 성말이지 지
금도 잊을 수가 없는 것이 되었다. 그때 서른 셋 청년이었던 그
는 "저어, 이런 데서는 뭘 먹어야 하나요?"하고 조심스럽게 되
물었다. 그의 또래들에게 카페는 노트북을 펴고 몇 시간씩 글을
쓰기도 하는 일상 공간이다. 그러나 김동식 작가는 카페에 와 보
는 것이 거의 처음이라고 했다. 그는 결국 생과일주스를 하나
주문했다. 그 이후의 시간 역시, 글쓰기를 배워본 일이 없다거
나, 중학교를 중퇴했다거나, 독자들의 댓글에서 글을 배웠다거
나 하는, 그 '생과일 쥬스'만큼이나 예측 불가능한 답들로 채워
졌다. 만남 이후, 요다출판사의 대표인 한기호 씨가 나에게 책의
기획을 제안했고, 그때부터 나는 김동식 소설집의 기획자로 계
속 지내고 있다.

이제 김동식 작가는 여섯 번째 소설집 『하나의 인간, 인류의
하나』와 일곱 번째 소설집 『살인자의 정석』을 내어 놓는다. SBS
와 협업한 『성공한 인생』까지 포함하면 1년 3개월 동안 여덟 권

추천사

의 소설집을 완성한 셈이다. 주변에서는 그가 소진되는 게 아닌가 하는 우려를 하기도 하고 이제는 공장을 그만두고 전업작가로 지내고 있는 그가 정말로 '잘' 지내고 있는가 궁금해 하기도 한다. 잠시 그의 근황을 전하자면, 그는 여전히 3일에 한 편씩 신작을 발표하고 있다. 카카오페이지라는 플랫폼에 연재하고 거기에서 수익을 얻는다. 문학 카테고리에서 구독자 수 28만으로 랭킹 1위에 올라 있다.

언젠가 그에게 왜 3일에 한 편을 쓰느냐고 물었더니, 게시판에 올린 글에 댓글이 잘 달리지 않게 되는 기간이 대략 3일이어서 그렇게 했다는 답이 돌아왔다. 정말이지 그다운 대답이었다고, 나는 기억한다. 그런데도 그는 거침없이 작품을 쏟아낸다. 그에게는 모든 것이 소재로 작용하는 모양이다. 예를 들면, 부산으로 가는 KTX에서도 그는 '혹시 이 기차의 특정좌석에 매번 앉아 있는 사람이 있다면 어떨까.'하는 상상을 하고, 흡연자를 보고는 '담배에 아는 사람의 전화번호가 있고 피울 때마다 그가 다치게 된다면 저 사람은 담배를 끊을까.'하고 상상하기도 한다. 그는 끊임없이 이야기를 만들어내기 위해 주변을 살핀다. 그래서 그의 삶이 계속되는 동안에는 그의 이야기도 소진되지 않고 계속될 것 같다.

이제 그가 쓴 작품은 500편 남짓이 되었다. 그가 30대의 나이에 1천 편의 단편소설을, 스스로의 성실함과 즐거움으로서 이루어낼 것만 같아서 설렌다. 나는 다만 그의 글을 나만큼이나 좋아하는 담당 편집자와 함께 "작가님이 즐겁다면 계속 쓰세요." 하고 응원할 뿐이다.

지난 1년간 김동식 작가가 가장 많이 들었던 질문은 "장편소설은 안 쓰시나요?"하는 것이었다. 그는 A4용지 1쪽에서 10쪽 내외의 초단편소설을 주로 써왔다. 나도 그의 장편소설을 읽고 싶은 욕심이 있어서 몇 차례 권유해봤다. 그러나 그는 "못 쓸 것 같습니다. 사실 해봤는데 잘 안 되너라고요."하고 몹시 담담하게 답했다. 그는 '긴 이야기'를 반드시 미덕으로 여기지 않는다. 한 문장으로 쓸 수 있는 것을 굳이 몇 문장으로 늘여야 하느냐고, 그러면 오히려 재미가 없어질 것이라고도 했다. 그는 이 시대가 가장 소비하기 간편한 글이, 그러니까 '읽히는 글'이 무엇인지를 감각적으로 알고 있는 듯하다. 그래도 언젠가 긴 글을, 장편소설을 써보고 싶다고 말한다. 여섯 번째 소설집인 『하나의 인간, 인류의 하나』는 1만 자가 넘는, 김동식 소설에서 '중편'으로 분류될 만한 작품들을 모은 것이다. 처음으로 나오는 '중편집'이다. 조금 긴 호흡으로 김동식을 읽을 수 있다.

일곱 번째 소설집인 『살인자의 정석』은 카카오페이지에 연재된 신작을 중심으로 묶었다. 이전과 비슷한 단편집을 출간하는 게 어떤 의미가 있을까, 하는 회의는 들지 않았다. 김동식 작가의 신작을 볼 때마다 나는 놀라곤 한다. 그의 글은 분명히 진화하고 있다. 점점 더 세련되고 정밀한 서사가 글을 구성하고, 여전한 김동식 스타일의 유머와 상상하지 못한 반전이 등장하며 독자에게 큰 물음표를 남긴다. 『살인자의 정석』에 수록된 「한국에서 성공하는 방법」이라든가 「선을 쫓아」는 이전과는 확실히 달라진 작가 김동식을 잘 드러내는 작품이다.

무엇보다도, 김동식 작가의 글은 따뜻하다. 타인과 이 세계에 대한 애정을 놓지 않는다. 그것은 공부를 한다고 해서 쉽게 가질 수 있는 삶의 태도가 아니다. 작가로서 반드시 갖추어야 할 그 덕목을, 그는 자신의 글로도 삶으로도 증명해 보인다. 김동식이라는 작가의 책을 기획할 수 있어서, 그리고 그라는 인간의 성장을 곁에서 목도할 수 있어서 몹시 기쁘다. 그는 내가 세상에서 만난 '지도교수' 중 한 사람이다. 그가 작가로서 계속 잘되기를 바라며, 두 권의 책을 기획해 당신에게 보낸다.

김민섭

김동식 소설집 6

하나의 인간, 인류의 하나

2019년 3월 14일 1판 1쇄 발행
2023년 11월 15일 1판 7쇄 발행

지은이　　김동식
펴낸이　　한기호
편 집　　김민섭, 오효영, 도은숙, 유태선
경영지원　　국순근
펴낸곳　　요다
　　　　　　출판등록 2017년 9월 5일 제2017-000238호
　　　　　　주소 04029 서울시 동교로 12안길 14 A동 2층(서교동, 삼성빌딩)
　　　　　　전화 02-336-5675 팩스 02-337-5347
　　　　　　이메일 kpm@kpm21.co.kr

ISBN 979-11-89099-14-5　04810
　　　　979-11-962226-1-1　04810 (세트)

· 요다는 한국출판마케팅연구소의 임프린트입니다.
· 책값은 뒤표지에 있습니다.